Gabriele Schossig

Die Liebe ist bunt

Über das Buch

Katja, frischgebackene Lehrerin, freut sich auf ihre Stelle am renommierten Schiller-Gymnasium. Nach einer unschönen Trennung von ihrem letzten Lebensgefährten hat sie von der Liebe die Nase voll und will nun beruflich durchstarten.
Doch sie hat nicht mit Jonas gerechnet, einem gut aussehenden, viel zu jungen Mann, der ihr gleich am ersten Tag den Kopf verdreht. Da eine Beziehung mit ihm undenkbar ist, versucht sie ihm, soweit wie möglich, aus dem Weg zu gehen. Aber Jonas lässt einfach nicht locker und gefährdet damit sogar Katjas berufliche Existenz.
Hat die Liebe der beiden trotz aller Hindernisse eine Chance oder endet alles in einem Fiasko?

Über die Autorin

Gabriele Schossig ist Dipl.-Ing. für Hochbau und Heilpraktikerin für Psychotherapie. Sie lebt mit Mann und Kater in einer Kleinstadt in Sachsen-Anhalt.
Ihre Bücher und Kurzgeschichten widmen sich vorrangig Themen, wie der Suche nach dem ganz persönlichen Glück oder nach der Liebe.

Weitere Informationen auf der Autorenseite: www.wondertimes.de

Gabriele Schossig

Die Liebe ist bunt

Bibliografische Information der Deutschen Bibliothek

Die Deutsche Bibliothek verzeichnet diese Publikation in der
Deutschen Nationalbibliographie;
detaillierte bibliographische Daten sind im Internet über
http://dnb.ddb.de abrufbar.

Impressum

2. überarbeitete Auflage: November 2019
(1. Auflage: 2016)

Copyright © Gabriele Schossig 2019
Covergestaltung: © Hanno Jung, www.piju.de
(Bildquelle: marcorubino, Fotolia.com)

Herstellung und Verlag:
BOD - Books on Demand, Norderstedt

ISBN: 978-3750424487

Vorwort

Die Liebe lässt einen manchmal seltsame und auch unbequeme Wege gehen, aber davon wusste ich damals noch nichts. Und selbst wenn, hätte mir dieses Wissen irgendetwas genutzt? Mich vielleicht vor Kummer und Enttäuschungen bewahrt? Oder mich dazu gebracht, einen großen Bogen um die Liebe zu machen? Ich weiß es nicht. Wer kann sagen, was gewesen wäre, wenn. Das genau ist ja das Problem. Wir müssen im Leben vorwärtsgehen und können die meisten Zusammenhänge doch erst im Rückblick verstehen.

Inzwischen sind zwar viele Jahre vergangen, aber ich will nicht behaupten, dass ich mich heute mit der Liebe auskennen würde. Doch zumindest eines weiß ich nun mit Sicherheit: Der Liebe kann niemand aus dem Weg gehen, auch dann nicht, wenn er es wollte. Die Liebe findet jeden! Sobald ihr Moment gekommen ist, wird sie Dich selbst an den unmöglichsten Orten und zu den unpassendsten Zeiten aufspüren. Und dann stellt sie Dein Leben auf den Kopf!

Du glaubst mir nicht? Dann lass mich Dir meine Geschichte erzählen:

Sie beginnt an einem strahlendem Sommertag Mitte August. Eigentlich einem perfekten Tag für die Liebe, aber ich hatte zu dieser Zeit andere Dinge im Sinn …

1. Kapitel

Endlich waren die Ferien vorbei. Heute würde mein erster Schultag am Schiller-Gymnasium sein, an welchem ich mich nach Abschluss meines Studiums beworben hatte und prompt eine Zusage erhielt.

Nach dem unschönen Ende einer zu nichts führenden Beziehung war ich froh über den Neuanfang in einer fremden Stadt. Ich hoffte, hier all die schmerzhaften und frustrierenden Erinnerungen an meinen Exfreund hinter mir lassen zu können. Wenn ich schon kein Glück in der Liebe hatte, so wollte ich jetzt wenigstens beruflich voll durchstarten. Dafür war dieses Gymnasium, meiner Meinung nach, der geeignete Ort. Die Schule konnte nicht nur auf eine fast 200-jährige Geschichte zurückblicken, sondern besaß auch einen ausgezeichneten Ruf.

Was sollte hier also meiner erfolgreichen Karriere als Geschichte-Kunsterziehung-Lehrerin im Wege stehen?

Auch wenn ich mich riesig auf meine erste Stelle freute, war ich natürlich ziemlich aufgeregt. In der letzten Nacht hatte ich unruhig geschlafen und war heute Morgen viel zu früh erwacht. Die ganze Zeit überlegte ich, was mich in der neuen Schule wohl erwarten würde.

Wie würden die neuen Kollegen sein? Würden sie mich freundlich willkommen heißen oder mir eher skeptisch und abwartend gegenüber stehen?

Über den Unterricht selbst machte ich mir da weniger Sorgen. Ich konnte ja bereits im Studium und während meiner Referendariatszeit einige Erfahrungen sammeln und fühlte mich im Großen und Ganzen gut vorbereitet. Nur die Tatsache, dass ich gleich heute Kunstunterricht in einer 12. Klasse geben sollte, bereitete mir ein wenig Bauchschmerzen. Würden diese fast erwachsenen Schüler mit ihren 18 oder 19 Jahren eine gerade mal 25-jährige Lehrerin akzeptieren?

Ich würde es bald erfahren, denn da die alte Kunstlehrerin auf unbestimmte Zeit im Krankenstand war, hatte ich gar keine andere Wahl, als mich dieser Herausforderung zu stellen.

Meine weitaus größere Sorge war im Moment allerdings, was ich heute anziehen sollte. Nicht, dass ich mir ansonsten unnötig Gedanken über meine Kleidung gemacht hätte, doch ich wollte am ersten Tag unbedingt einen positiven Eindruck machen.

Nach einigem Hin und Her entschied ich mich schließlich für einen knöchellangen, weiten Rock und ein ärmelloses, schwarzes Top. Und da es wieder ein warmer Tag zu werden versprach, band ich meine langen Haare kurzerhand zu einem Zopf zusammen. Dazu noch eine Holzkette im Ethno-Stil und braune Sandalen, fertig war mein Erster-Tag-am-Gymnasium-Look.

Zufrieden betrachtete ich mich im Spiegel und machte mich dann auf den Weg zur Schule.

Beim Anblick des Gymnasiums, welches von außen eher einer großen herrschaftlichen Villa als einem Lehrgebäude glich, kamen mir allerdings Zweifel, ob mein Styling wirklich dem einer Lehrerin angemessen war. Doch andererseits, so versuchte ich mich, zu beruhigen, konnte auch niemand bei den heute vorhergesagten 30 Grad einen konservativen, schwarzen Hosenanzug von mir erwarten.

Zu meiner Erleichterung waren auch die anderen Lehrkräfte sommerlich leicht gekleidet. Nur Herr Kramer, der Direktor, begrüßte mich in Anzug und Krawatte.

Er stellte mich kurz dem Kollegium vor, überreichte mir, im Namen aller, einen Blumenstrauß und bat mich ein paar Worte zu meiner Person zu sagen.

Diesem Wunsch kam ich natürlich nach, wurde beim Reden aber ganz rot vor Aufregung. Wie peinlich!

Aber ansonsten war ich mit meinem Start eigentlich ganz zufrieden. Die neuen Kolleginnen und Kollegen machten einen, soweit man das auf den ersten Blick beurteilen konnte, sympathischen Eindruck und hatten mich freundlich aufgenommen.

Selbst meine erste Stunde in der 12a lief besser, als ich es mir hätte vorstellen können. Die Schüler schienen mich mit einer gewissen Erleichterung zu begrüßen und brachten mir ein, zugegebenermaßen noch unverdientes, Wohlwollen entgegen. Was mich zu dem Schluss verleitete, dass sie ihre alte Lehrerin nicht sonderlich vermissten.

Ein schlanker, dunkelhaariger Schüler fiel mir bereits innerhalb der ersten Minuten auf. Nicht nur, dass er gut aussah, er wirkte auch schon sehr erwachsen und sah überhaupt nicht mehr wie ein Gymnasiast aus. Wäre er mir auf der Straße begegnet, hätte ich ihn bestimmt auf Mitte 20 geschätzt.

In der Mittagspause sah ich ihn zufällig wieder. Ich bewunderte insgeheim, mit welch lässiger Selbstsicherheit er sich inmitten seiner Klassenkameraden bewegte, die er alle um mindestens einen Kopf überragte. Es war unverkennbar, dass er unter ihnen einen gewissen Status inne hatte. Und ganz besonders bei den Mädchen, dachte ich schmunzelnd, als sich eine blonde Schönheit zu ihm gesellte.

Als mir bewusst wurde, dass ich ihn schon eine ganze Weile beobachtete, wandte ich mich rasch wieder meinen eigenen Angelegenheiten zu. Der Unterricht würde gleich beginnen und ich hatte eine Geschichtsstunde in einer 5. Klasse zu geben.

Zufrieden mit mir und dem Ablauf des Unterrichts verließ ich anschließend das Schulgebäude, um mich auf den Heimweg zu machen. Da kam plötzlich dieser junge Mann aus der 12. direkt auf mich zu und winkte schon von Weitem.

„Frau Eislinger, haben Sie einen Moment?", fragte er, als er vor mir stand.

Obwohl ich nicht gerade klein bin, musste ich zu ihm aufschauen.

„Ja sicher. Was gibt es denn?" Ich konnte meine Überraschung, ihn so unverhofft wiederzusehen, kaum verbergen.

„Ich bin Jonas Rohberger." Er streckte mir seine Hand entgegen und ich ergriff sie zögernd. „Aus der 12a. Sie erinnern sich? Sie haben vorhin Kunst bei uns gegeben." Natürlich erinnerte ich mich, nicht nur an die morgendliche Stunde, sondern besonders an ihn, aber diese Antwort verkniff ich mir besser und nickte stattdessen nur. Irritiert merkte ich, dass er immer noch meine Hand festhielt, und entzog sie ihm schnell.

Einen Moment sah er mich fragend an, wirkte plötzlich verunsichert, schien nach Worten zu suchen. Doch rasch fing er sich wieder und meinte lächelnd:

„Ich wollte Ihnen eigentlich nur sagen, dass wir uns sehr freuen, Sie jetzt in Kunst zu haben. Mit unserer alten Lehrerin, Frau Schmidtchen, war es manchmal nicht immer ganz so einfach." Er zuckte entschuldigend mit den Schultern.

Da hatte ich also mit meiner Vermutung richtig gelegen. Nun gut, mir konnte es recht sein, denn eine unbeliebte Vorgängerin würde es für mich leichter machen. Was ich allerdings von seinem Auftritt hier halten sollte, wusste ich nicht so recht. Wäre er mir weniger sympathisch gewesen, hätte ich ihn wohl in die Kategorie Streber eingeordnet. Aber so sagte ich mir, dass er wahrscheinlich nur nett sein wollte.

„Danke Jonas. Ich freue mich auch auf den Unterricht mit Euch."

Jetzt wäre es eigentlich an der Zeit gewesen, sich zu verabschieden und weiterzugehen. Oder, wenn nicht, dann wenigstens noch irgendetwas zu sagen. Aber so sehr ich auch nachdachte, mir wollte absolut nichts Gescheites einfallen. So sah ich ihn nur stumm an und musste mir eingestehen, dass mich dieser junge Mann gehörig durcheinanderbrachte.

Sein Blick, das Lächeln, die Art, wie er da so lässig vor mir stand, ließen mein Herz schneller schlagen. Und plötzlich schrillten all meine Alarmglocken.

Stopp!, schrie es in mir. Er ist Schüler, Du bist Lehrerin!

Beinahe fluchtartig verabschiedete ich mich und eilte davon.

Zu Hause versuchte ich, nicht weiter an diese verwirrende Begegnung zu denken. Und mal abgesehen von meiner Verlegenheit bei der Begrüßungsrede und diesem komischen Zwischenfall eben, war mein erster Tag ja ganz gut gelaufen. Es gab also keinen Grund, sich nicht auf das vor mir liegende Schuljahr zu freuen. Endlich würde ich all das anwenden können, was ich während meines Studiums gelernt hatte, ohne dass mir ständig jemand auf die Finger schaute, wie es während meiner Referendariatszeit der Fall gewesen war. Ich würde eine gute Lehrerin sein und, so nahm ich mir ganz fest vor, mich an dieser Schule etablieren.

Die nächsten Wochen und Monate vergingen wie im Fluge und bis zu den Herbstferien hatte ich mich im Schiller-Gymnasium eingelebt. Mit meinen Kollegen kam ich gut aus, nur leider mangelte es hier, genau wie an meiner alten Schule, an jüngeren Lehrkräften. Und so blieben nähere Bekanntschaften, die über die Arbeit hinausgingen, leider aus. Dabei hätte ich mir so sehr jemandem in meinem Alter zum Reden oder für gemeinsame Unternehmungen gewünscht.

Meine Einsamkeit kompensierte ich mit Arbeit. Ich war mir sicher, meinen Traumjob gefunden zu haben, und so verbrachte ich viele Stunden mit der Unterrichtsvorbereitung. Immer wieder versuchte ich, neue Ideen zu integrieren, recherchierte im Internet und tauschte mich mit meinen Kollegen aus.

Vorwiegend unterrichtete ich in den unteren Klassen Geschichte und so bot mir die wöchentliche Kunststunde in der 12. eine willkommene Abwechslung. Es machte mir Freude, mich mit den Schülern quasi auf Augenhöhe zu unterhalten, mit ihnen über ihr Verständnis von Kunst zu diskutieren und ihnen meine Ansichten darzulegen.

Es gab einige wirklich Kunstinteressierte in dieser Klasse, wahrscheinlich geprägt durch ihr Elternhaus. Auch Jonas gehörte zu ihnen. Sein Vater, so erwähnte er in einer Pause, war Bildhauer, seine Mutter leitete eine Kunstgalerie. Er selbst habe bis vor einer Weile gemalt, mit Ölfarben und Acryl, aber das sei vorbei, so erzählte er mir. Heute interessiere er sich für Architektur und werde das auch studieren.

Es war das erste Mal, dass ich mich wieder mit ihm außerhalb des Unterrichts unterhielt. Seit der Begegnung an meinem ersten Tag war ich ihm, soweit möglich, aus dem Weg gegangen und auch er war nicht mehr an mich herangetreten.

Ich weiß nicht, warum ich ihn in diesem Moment bat, mir einmal ein paar seiner Bilder zu zeigen. Wahrscheinlich war es einfach nur meine Neugier. Womit ich nicht rechnete, war, dass er meiner Bitte so schnell nachkommen würde.

Schon am nächsten Tag stand er, mit einer Mappe unter dem Arm, vor dem Lehrerzimmer und fragte mich, ob ich einen Augenblick Zeit für ihn hätte.

Da ich zum Unterricht musste, verabredeten wir uns nach Schulschluss im Kunstraum. Eine Entscheidung, die ich sofort bereute, kaum dass ich sie getroffen hatte. Die nächsten Stunden konnte ich an nichts anderes mehr denken, als an das Treffen mit Jonas, und brachte meinen Unterricht mehr schlecht als recht über die Bühne.

Als ich dann anschließend zum Kunstraum ging, bekam ich ganz weiche Knie und mein Herz schlug mir bis zum Hals. Es fühlte sich an, als hätte ich ein Date. Ich war selbst erschrocken über meine Gefühle, die hier völlig fehl am Platze waren. Trotzdem verstärkte sich meine freudige Aufgeregtheit noch, als ich den Raum betrat und Jonas, mit dem Rücken zur Tür, am Fenster stehen sah.

Er hatte mich kommen hören und drehte sich zu mir um. Seinen Blick vergesse ich nie! So sollte ein Schüler seine Lehrerin nicht ansehen.

Einen Moment standen wir nur stumm da und schauten uns an. Dann wurde mir endlich wieder bewusst, wer und wo ich war, und ich gewann meine Fassung zurück.

„Na Jonas, was hast Du mir Schönes mitgebracht?", versuchte ich, betont locker, mit ihm zu reden, und lächelte ihn an. Aber er ging nicht auf meinen leichten Tonfall ein und meinte nur ernst:

„Wie Sie wollten, habe ich Ihnen ein paar meiner Bilder rausgesucht, Frau Eislinger."

Meinen Nachnamen betonte er ganz eigenartig und legte mir dann, mit einem spöttischen Lächeln im Gesicht, seine Mappe auf den Lehrertisch.

Obwohl ich lieber davon gerannt wäre, um ihm und seiner verwirrenden Nähe zu entgehen, nahm ich mich zusammen und trat näher. Zögernd schlug ich die Mappe auf und betrachtete ein Bild nach dem anderen. Bald schon war ich völlig in seine Werke vertieft, überrascht über seine ungewöhnliche Art, seine Vorstellungen zu Papier zu bringen und über das Talent, das sich in diesen Bildern offenbarte.

„Jonas, Deine Bilder gefallen mir. Ich finde, Du solltest unbedingt weitermalen", platzte ich schließlich begeistert heraus.

Als ich den Kopf zur Seite drehte und ihn ansah, schwieg ich jedoch irritiert. Mein Lob schien ihn weder zu freuen, noch zu interessieren. Stattdessen war da auf einmal eine Verzweiflung in seinem Blick, die mich erschreckte.

„Jonas, was hast Du?", fragte ich irritiert.

Doch er antwortete mir nicht, sondern griff nur nach seiner Mappe. Dabei berührten sich unsere Hände zufällig und mir war für eine Sekunde, als hätte mich ein elektrischer Schlag getroffen. Erschrocken fuhr ich zurück.

„Siehst Du", schrie er mich da an. „Du merkst es doch auch. Ich meine …", korrigierte er sich und zwang sich sichtlich, ruhiger zu sprechen, „Sie merken doch auch, dass da etwas zwischen uns ist. Oder nicht?" Verlegen strich er sich sein dunkles Haar aus der Stirn, ließ mich aber keine Sekunde aus den Augen, als er weitersprach:

„Schon als ich Dich zum ersten Mal gesehen habe, war dieses Gefühl da. Seitdem muss ich ständig an Dich denken. Und Dir geht's doch genauso, stimmt's? Deswegen wolltest Du mich hier treffen."

Ohne es zu bemerken, war er wieder zum vertrauten Du übergegangen. Seine Selbstsicherheit, die sonst Teil seiner Persönlichkeit zu sein schien, war völlig verflogen. Er wirkte komplett durcheinander.

Aber mir ging es ja kaum anders. „Jonas", brachte ich mühsam heraus, „das stimmt so nicht. Ich habe mich wirklich für Deine Bilder interessiert."

Instinktiv trat ich einen Schritt von ihm zurück, obwohl ich ihn in diesem Augenblick lieber in den Arm genommen und getröstet hätte. Mir zerriss es fast das Herz, ihn so aufgelöst zu sehen, auch wenn ich kaum glauben konnte, dass tatsächlich ich der Grund für sein Gefühlschaos sein sollte. Aber ich war nicht nur seine Lehrerin, sondern auch fast sechs Jahre älter als er. Und so würde ich jetzt, auch wenn es mir schwerfiel, vernünftig sein und ihn zur Ordnung rufen. Denn ganz egal, was da möglicherweise zwischen uns war, es durfte nicht sein!

Entschlossen richtete ich mich auf und sagte, so streng es mir nur möglich war:

„Jonas, vergiss nicht, ich bin Deine Lehrerin."

14

„Ach, wirklich?" Trotzig sah er mich an. „Das ist ja mal ganz was Neues."

Und eh ich mich versah, stürmte er mit seiner Mappe unterm Arm an mir vorbei.

„Jonas", rief ich ihm noch nach, aber er war schon zur Tür hinaus.

Benommen setzte ich mich auf einen Stuhl. Was war das denn für ein Auftritt? Was, wenn Jonas jetzt zu seinen Freunden rannte und ihnen von dieser Begegnung erzählte? Und dabei vielleicht das eine und andere ein wenig ausschmückte? Nicht nur mein Ruf, sondern auch mein Job stand auf dem Spiel. Ich spürte, dass ich ärgerlich wurde. Wie kam er eigentlich darauf, dass zwischen uns mehr sein könnte, als eine normale Lehrer-Schüler-Beziehung? Doch sogleich meldeten sich auch meine Selbstzweifel zu Wort. War es vielleicht doch meine Schuld, hatte ich ihm vielleicht, ohne es zu wollen, Hoffnungen gemacht?

Es stimmte ja. Auch ich war vom ersten Tag an fasziniert von ihm gewesen, aber ich hatte dieses Gefühl doch sofort gut verdrängt und war ihm außerdem auch noch, so gut wie möglich, aus dem Weg gegangen. Wie also hätte er dann davon etwas merken können?

Oder war mein Fehler gewesen, dass ich mich für seine Malerei interessierte? Nein, entschied ich, denn mein Interesse an seinen Bildern hatte nur bedingt mit ihm als Person zu tun. Auch jeden anderen Schüler, der sich kreativ betätigte, hätte ich gebeten, mir seine Werke zu zeigen. Dumm nur, dass Jonas diese Bitte so dermaßen in den falschen Hals bekam.

Immer noch verwirrt, verließ ich das Schulgebäude und befürchtete fast, dass Jonas, so wie damals an meinen ersten Tag, irgendwo draußen auf mich warten würde. Aber zu meiner Erleichterung war er nirgends zu sehen.

Auf dem Heimweg beruhigte ich mich langsam wieder. Wahrscheinlich war es normal, dass Schüler manchmal für ihre Lehrerinnen schwärmten, versuchte ich mich, zu trösten. Jonas war da nicht der Erste und würde auch nicht der Letzte sein, dem es so erging. Gefährlich wurde es erst, wenn auch die Lehrerin Gefühle für einen ihrer Schüler zeigte. Nein, nicht nur gefährlich, es war sogar verboten. Immerhin war Jonas einer meiner Schutzbefohlenen, so erwachsen er auch auf mich wirken mochte.

Als ich die Haustür aufschloss, hatte ich meine Entscheidung getroffen:

Ab sofort nur noch der notwendige Kontakt während des Unterrichts und kein Wort darüber hinaus!

Ich würde mir wegen so einer dummen Schwärmerei nicht alles kaputt machen. In ein paar Monaten hatte Jonas sein Abi in der Tasche und würde die Schule ohnehin verlassen. Spätestens dann war der ganze Spuk vorbei.

Und ich sollte mich wohl schleunigst mal wieder um mein Liebesleben kümmern, damit mich nicht jeder gut aussehende junge Mann so durcheinanderbringen konnte.

Gesagt, getan. Noch am selben Abend meldete ich mich im Internet bei einer Singlebörse an. Allerdings mit mäßigem Erfolg. Ein paar belanglose E-Mails mit einigen potenziellen Kandidaten gingen in den nächsten Tagen zwar hin und her, aber das gegenseitige Interesse reichte nicht einmal aus, um ein Treffen zu vereinbaren.

Privat lief es also nicht so gut bei mir. Ich fühlte mich zunehmend einsamer. Besonders schlimm wurde es in den Weihnachtsferien, da ich sogar die Festtage allein zu Hause verbrachte. Normalerweise hätte ich mich da wohl auf den Schulbeginn im neuen Jahr freuen sollen, aber auch diesem sah ich mit gemischten Gefühlen entgegen.

Die letzten Wochen war es in der Schule nicht leicht für mich gewesen. Die Kunststunden in der 12a, die ich anfangs so sehr mochte, hatten sich zu einer wahren Tortur entwickelt, denn Jonas' Verhalten war nach dem Zwischenfall mit den Bildern völlig verändert. Aus dem sympathischen, stets gut gelaunten und offenen Schüler war ein wortkarger Grübler geworden. Hatte er früher stets gut mitgearbeitet, nahm er inzwischen kaum noch Anteil am Unterricht und starrte meistens nur feindselig vor sich hin. Und wenn ich doch einmal unverhofft seinem Blick begegnete, senkte er sofort den Kopf, bevor ich in seinen Augen lesen konnte, was in ihm vorging.

Sein abweisendes Verhalten machte mir Angst, denn seine Verhaltensänderung war so offensichtlich, dass sie nicht nur mir auffallen musste. Ein Wunder, dass noch nicht darüber getuschelt und irgendwelche Mutmaßungen angestellt wurden, war doch so eine Schule der perfekte Ort für eine gut funktionierende Gerüchteküche.

Ich hatte gehofft, dass die Ferien Jonas guttun würden und sich die Situation dann irgendwie von selbst regelte, aber auch im Januar war er abweisend und in sich gekehrt. Als ich dann auch noch von anderen Kollegen hörte, dass Jonas in ihrem Unterricht unverändert gut war und, aller Voraussicht nach, ein glänzendes Abitur hinlegen würde, reichte es mir eines Tages. Ich nahm meinen ganzen Mut zusammen und stellte ihn nach der Stunde zur Rede:

„Jonas, hast Du bitte einen Moment für mich."

Sein Blick, der plötzlich voller Hoffnung war, traf mich bis ins Herz.

„Setz Dich", ich wies auf einen Stuhl in der ersten Reihe und nahm, nachdem der letzte Schüler den Raum verlassen hatte, neben ihm Platz. Keine gute Idee, denn seine Nähe verwirrte mich mehr, als es gut für mich war. Instinktiv rückte ich mit meinem Stuhl ein Stück zurück und da lächelte er endlich wieder, was die ungute Vermutung nahelegte, dass er ganz genau wusste, was in mir vorging.

Ich nahm mich zusammen und sprach direkt an, was mich bedrückte:

„Jonas, ich habe gemerkt, dass Du Dich in letzter Zeit sehr verändert hast." Es war gar nicht so einfach, die richtigen Worte zu finden. „Also, ich meine, mir gegenüber."

Er war jetzt wieder ganz ernst und sah mich nur an, machte es mir nicht im Geringsten einfacher.

„Wenn ich Dich irgendwie verletzt haben sollte", fuhr ich fort und spürte, dass ich rot wurde, „dann tut es mir leid."

Erst dachte ich, er würde mir gar nicht antworten, doch dann seufzte er: „Du hast mich nicht verletzt. Oder eigentlich doch. Aber Du kannst ja nichts dafür, dass ich mich in Dich verliebt habe."

Ich hätte ihm das vertraute „Du" verbieten müssen, aber ich war viel zu perplex über sein Geständnis, um daran überhaupt zu denken.

„Jonas", brachte ich endlich heraus, „Du bringst mich mit dem, was Du da sagst, in Teufels Küche. Ich bin Deine Lehrerin."

„Ist mir nicht entgangen", entgegnete er spöttisch. „Aber gut, dass Du mich immer wieder daran erinnerst, damit ich es ja nicht vergesse."

Diese ironische Art stand ihm nicht und das wusste er wohl auch selbst: „Entschuldige bitte", murmelte er plötzlich schuldbewusst.

Ich nickte und bereute, dieses Gespräch überhaupt angefangen zu haben. Hätte ich doch nur alles auf sich beruhen lassen. In ein paar Monaten würde sich mein Problem von selbst erledigt haben, denn dann würde Jonas die Schule ohnehin verlassen.

Die Vorstellung, die mich eigentlich hätte beruhigen sollen, trieb mir stattdessen plötzlich die Tränen in die Augen. Rasch senkte ich den Blick, aber es war schon zu spät.

18

„Was hast Du?", fragte er plötzlich ganz besorgt und legte seine Hand auf meinen Arm. Seine Berührung brachte mich noch mehr aus der Fassung und ich schüttelte, mit den Tränen kämpfend, nur den Kopf. Ich fühlte mich so hilflos, mit der ganzen Situation völlig überfordert, aber ich konnte doch deswegen nicht vor einem Schüler, der mir zudem gerade auch noch ein Liebesgeständnis gemacht hatte, zu weinen anfangen. Einen Moment saßen wir still nebeneinander, ich mit gesenktem Kopf, er mich nicht aus den Augen lassend, seine Hand immer noch auf meinem Arm. Undenkbar, wenn jetzt jemand hereingekommen wäre.

Endlich fing ich mich wieder. „Jonas", meine Stimme klang ungewohnt rau, „so kann es nicht weitergehen. Ich werde morgen den Direktor fragen, ob ich Eure Klasse abgeben kann."

„Nein!", er schrie es fast und ich blickte ängstlich zur Tür. Was für ein Glück, dass die meisten meiner Kollegen schon Feierabend und auch die Schüler Besseres zu tun hatten, als noch einmal in den Klassenraum zurückzukommen.

„Du magst mich doch auch!" Mit funkelnden Augen starrte er mich an. „Wenn Du nicht meine Lehrerin wärst, würdest Du dann …"

„Jonas", unterbrach ich ihn barsch. „Es ist, wie es ist. Und ich denke, es ist besser, wenn Du jetzt gehst."

Er sah mich an und öffnete den Mund, als wolle er noch etwas sagen. Doch dann entschied er sich anders, erhob sich und verließ wortlos den Raum.

Ich ging zur Tür und schloss sie hinter ihm. Dann lehnte ich mich erschöpft dagegen. Wie war ich nur in diese Situation geraten? Ich hatte mir nie vorstellen können, jemals für einen Schüler mehr als nur Sympathie zu empfinden. Entsprechende Filme, in welchen Lehrer oder Lehrerinnen in irgendwelche Zwickmühlen geraten waren, hielt ich immer für gnadenlos überzogen. Jeder, so war meine Überzeugung gewesen, besaß doch einen freien Willen und konnte selbst entscheiden, worauf er sich einließ und worauf nicht.

Aber wie sich jetzt herausstellte, war es gar nicht immer so einfach, seinem Verstand zu folgen. Beim Gedanken an Jonas schlug mein Herz schneller.

Was wäre, wenn ich nicht seine Lehrerin wäre?, fragte ich mich, schob diese Überlegung aber sogleich wieder weit von mir. Für Jonas war ich nichts weiter als eine kleine Schwärmerei, die bald vergessen sein würde. Die Schwierigkeiten, in die er mich aber damit bringen konnte, vermochten mein ganzes Leben zu zerstören.

Gleich morgen, so entschied ich, würde ich mit Herrn Kramer reden. Und bis dahin musste ich mir eine plausible Ausrede einfallen lassen, warum ich die 12a nicht mehr unterrichten konnte.

Und Jonas, dem würde ich aus dem Weg gehen, bis er das Gymnasium im Sommer verließ. Je weniger ich ihn bis dahin sah, umso besser. Und irgendwann würde ich ihn einfach vergessen haben.

2. Kapitel

Ich saß bis zum späten Abend an meinen Unterrichtsvorbereitungen für den nächsten Tag. Aber ich war froh über die viele Arbeit, lenkte sie mich doch ein wenig von meinen Sorgen ab und gab mir das Gefühl, etwas Sinnvolles zu tun.

Besonders viel Mühe hatte ich mir für den morgigen Geschichtsunterricht in der 5. und 6. Klasse gegeben. Es machte mir Spaß, das Interesse der jüngeren Schüler an der Vergangenheit zu wecken und ihre vielen Fragen zu beantworten. Dabei kam man selbst manchmal auf ganz neue Gedanken.

Gerade als ich den Computer ausschaltete, um ins Bett zu gehen, klingelte es an der Tür. Erschrocken fuhr ich zusammen. Ich hatte ein kleines, kostengünstiges Reihenhaus gemietet, fühlte mich aber nach wie vor ein wenig fremd hier. Besuch bekam ich normalerweise auch nicht. Meine sogenannte Familie wohnte weit weg, Freunde besaß ich hier noch nicht und die Kollegen wussten wahrscheinlich noch nicht einmal, wo ich wohnte. Wer also konnte das um diese Uhrzeit sein?

Am liebsten hätte ich das Klingeln ignoriert, aber der ungebetene Besucher begann jetzt, an die Tür zu klopfen. Vielleicht war irgendetwas passiert und ein Nachbar brauchte meine Hilfe? Schnell rannte ich durch den Flur zur Eingangstür. Ein Blick durch den Spion ließ mich zurückfahren. Jonas!

Mein erster Impuls war, so zu tun, als wäre ich nicht zu Hause, aber mal abgesehen davon, dass er sicher das Licht sah, würde er früher oder später mit seinem Geklopfe die ganze Nachbarschaft an die Fenster locken. Wie sollte ich denen dann erklären, warum einer meiner Schüler zu nächtlicher Zeit Einlass in mein Haus begehrte?

Ärgerlich öffnete ich die Tür und zischte ihn an: „Bist Du denn verrückt geworden? Was willst Du? Woher weißt Du, wo ich wohne?"

Kaum zu glauben, aber er grinste mich an: „Nein. Dich. Kalle."

„Was?" Ich starrte ihn an und hätte ihn in diesem Moment am liebsten zum Mond geschossen.

„Ich habe nur Deine Fragen beantwortet. Nein, ich bin nicht verrückt geworden. Ich will Dich, und Deine Adresse habe ich von Kalle, der wohnt schräg gegenüber."

Ich wusste nicht, wo sein Mitschüler Kalle wohnte, aber die Vorstellung, dass dieser vielleicht jede Sekunde aus seinem Fenster gucken und Jonas vor meiner Tür stehen sehen könnte, brachte mich auf Trapp.

„Los komm rein", befahl ich und Jonas ließ sich das natürlich nicht zweimal sagen.

Dann standen wir uns beide im Flur gegenüber und ich funkelte ihn zornig an: „Warum machst Du das? Und frag jetzt nicht, was ich meine." Hatte er denn keine Ahnung, in was für Schwierigkeiten er mich mit seinem Besuch bringen konnte?

„Du bist noch hübscher, wenn Du wütend bist, Katja", meinte er ernsthaft und sah mich aus seinen großen, braunen Augen unschuldig an.

Katja? Woher kannte er meinen Vornamen? Was kam noch alles? Die ganze Situation erschien mir so unwirklich. Außerdem fühlte ich mich total überfordert und wusste nicht, ob ich nun lachen oder weinen sollte. Aber was ich ganz genau wusste, war, dass ich Jonas so schnell wie möglich wieder loswerden musste. Es war ein Fehler gewesen, ihn überhaupt hereinzulassen. Nicht auszudenken, was geschah, wenn Kalle zufällig gesehen hatte, wie Jonas mein Haus betrat. Vielleicht wartete er ja jetzt schon draußen auf seinen Mitschüler, um ihn zu fragen, was er bei seiner Kunstlehrerin wollte?

Schon wollte ich zur Türklinke greifen, um Jonas ein für alle Male seine Grenzen zu zeigen und ihn hinauszuwerfen, da fasste er nach meiner Hand.

„Warte! Ich muss mit Dir reden. Bitte."

Ich schluckte und mein Zorn war auf einmal wie weggeblasen. Jonas machte keine Anstalten, meine Hand wieder loszulassen und ich besaß plötzlich keine Kraft mehr, sie ihm zu entziehen.

Resigniert zuckte ich mit den Schultern: „Okay, komm rein."

Ich wusste, es war verkehrt, aber ich zog ihn hinter mir her ins Wohnzimmer und wies auf das Sofa: „Setz Dich."

Als er meine Hand endlich losließ, hatte ich das Gefühl, wenigstens wieder ein bisschen klarer denken zu können. Mich auf meine Rolle als Gastgeberin besinnend, bot ich ihm etwas zu trinken an. Ein bisschen Normalität, in dieser alles andere als normalen Situation, konnte ja nicht schaden.

„Ein Glas Rotwein wäre schön", lautete seine Antwort, mit der er mich gleich wieder aus dem Konzept brachte.

Durfte eine Lehrerin mit ihrem Schüler Wein trinken?, fragte ich mich unsicher. Wahrscheinlich eher nicht und schon gar nicht mit ihm allein bei sich zu Hause, aber es kam nun schon nicht mehr darauf an. Wenigstens war Jonas volljährig und ich brauchte mir keine Gedanken um den Jugendschutz zu machen.

Meine Getränkeauswahl war zwar begrenzt, aber seinen Wunsch konnte ich ihm erfüllen. Trank ich tagsüber meistens nur Kaffee und Wasser, so gönnte ich mir abends ab und zu mal ein Gläschen Rotwein zur Entspannung. Gerade gestern hatte ich eine Flasche mit einem besonders guten Tropfen geöffnet, die noch fast voll war.

Also holte ich die Weinflasche und schenkte uns zwei Gläser ein. Eines davon reichte ich Jonas und setzte mich dann, auf genügend Abstand bedacht, mit dem anderen Glas in der Hand, ihm gegenüber in den Sessel.

Während wir einander ein wenig verlegen zuprosteten, spürte ich wieder die Anziehung, die er auf mich ausübte, so sehr ich mich auch dagegen zu wehren versuchte. Ich fragte mich, und das nicht zum ersten Mal, ob es nur an meiner eigenen Einsamkeit lag, dass er mich so durcheinanderbringen konnte. Oder hätte ich genauso auf ihn reagiert, wenn ich in einer Beziehung gelebt hätte? Ich fand keine Antwort auf diese Frage und eigentlich war es auch egal. Wichtig war, irgendwie heil aus diesem Durcheinander herauszukommen.

Er stellte sein Glas auf den Couchtisch. „Ich habe nachgedacht", begann er. „Ich möchte nicht, dass Du unsere Klasse abgibst."

Als ich etwas entgegnen wollte, hob er die Hand. „Gib mir bitte noch einen Moment."

Eine Sekunde überlegte ich, ihn darauf hinzuweisen, dass er mich nicht einfach Duzen konnte, aber ich hatte gerade wahrlich andere Probleme.

Jonas schien nach den richtigen Worten zu suchen. Dann fuhr er endlich fort: „Was ich sagen will, es war dumm, wie ich mich verhalten habe. Und es wird nicht wieder vorkommen. Ab jetzt mache ich im Unterricht wieder ganz normal mit. Keiner wird etwas merken. Ich verspreche es Dir."

Ich nickte: „Okay. Hört sich gut an."

„Dann wirst Du morgen nicht mit dem Direktor reden?" Hoffnungsvoll sah er mich an.

Ich zögerte. Konnte ich seinen Worten Glauben schenken? Würde Jonas es wirklich schaffen, sich wieder normal zu verhalten? Und was genauso schwierig zu beantworten war, wie würde ich damit klarkommen, ihn Woche, um Woche zu sehen, nachdem er mir gesagt hatte, dass er in mich verliebt war? Denn auch wenn er selbst dieses Geständnis vielleicht nur aus einer Laune heraus geäußert haben sollte, so musste ich mir doch inzwischen eingestehen, dass ich mehr für diesen jungen Mann empfand, als es für einen Schüler angebracht war. Und meine Gefühle, so gut kannte ich mich, waren nicht nur eine Laune.

Es war unheimlich, aber es schien fast, als könnte er meine Gedanken lesen: „Katja, alles was ich Dir gesagt habe, war ernst gemeint. Glaub mir, ich habe noch nie für eine Frau so empfunden, wie für Dich."

Wünschte sich nicht jede Frau, dass ihr ein Mann solche Worte sagte? Warum musste es bei mir nur ausgerechnet ein 19-jähriger Schüler sein, der sie aussprach? Wie viele Mädels oder gar Frauen konnte er in seinem jungen Leben denn schon gekannt haben? Was wusste er von der Liebe und echten Gefühlen?

„Aber ich will Dir keine Schwierigkeiten machen", fuhr er fort und unterbrach damit meine Gedanken. Er wirkte jetzt wieder so selbstsicher wie früher.

„Es wird niemand etwas erfahren. Du kannst Dich auf mich verlassen."

Er nahm sein Glas und trank es in einem Zug aus. Dann stand er abrupt auf. „Ich gehe jetzt wohl besser."

Ich nickte und erhob mich ebenfalls. Eigentlich hätte ich nach seinen Worten erleichtert sein müssen, aber stattdessen fühlte ich mich plötzlich so, als würde ich gleich etwas ganz Wichtiges verlieren.

Wäre er doch bloß nicht mein Schüler, dachte ich verzweifelt. Dann hätte ich ihn einfach bitten können, zu bleiben, um mit mir den Abend zu verbringen. Und vielleicht sogar die Nacht.

Für einen Moment nahm mir die Sehnsucht nach ihm fast den Atem.

Jonas schien dieses Mal nichts von meinem Gefühlschaos bemerkt zu haben. Er verließ bereits das Wohnzimmer und ging in den Flur.

Während ich ihm folgte, versuchte ich mit aller Willensanstrengung, zu der ich fähig war, meine Empfindungen für ihn, tief in meinem Herzen zu verschließen.

25

Schweigend gingen wir zur Haustür. Als er zur Türklinke griff, und ich schon dachte, er würde nun ohne ein weiteres Wort verschwinden, drehte er sich plötzlich zu mir um.

„Katja, wenn Du mir jetzt sagst, dass ich Dir nichts bedeute, werde ich Dich nie wieder behelligen."

Mir wurde ganz schwindelig. Was sollte ich nur tun? Zu meinen Gefühlen stehen und ihn bitten zu bleiben, um damit alles zu zerstören, was ich gerade im Begriff war, mir aufzubauen? Denn ich machte mir keine Illusionen darüber, eine derartige Beziehung geheim halten zu können. In Windeseile würde sich ein Verhältnis zu einem Schüler herumsprechen. Entweder würde er oder ich ein unbedachtes Wort äußern oder irgendjemand würde uns zusammen sehen, so wie auch jemand gesehen haben konnte, dass Jonas jetzt bei mir zu Besuch war. Mit Fingern würden die Leute auf mich zeigen. Eine erwachsene Frau, die einem Jugendlichen den Kopf verdrehte und ihre Stellung ausnutzte. Schämen sollte sie sich. So würden sie reden. Ich konnte sie regelrecht schimpfen hören.

Ich würde meine Arbeit verlieren, von hier wegziehen und irgendwo wieder neu anfangen müssen. Aber nicht mehr als Lehrerin, das wäre ein für alle Mal vorbei. Wovon sollte ich dann leben?

Und Jonas? Für ihn fing doch alles erst an. In ein paar Wochen würde er sich bestimmt schon in eine Andere verliebt haben, in ein Mädel in seinem Alter, das zu ihm passte. Vielleicht ja sogar in Anne, die hübsche Blonde aus der Elften, die in den Pausen immer seine Nähe suchte und mit ihm nach allen Regeln der Kunst flirtete.

„Katja?" Er strich mir sanft über die Wange und holte mich mit seiner Berührung aus meinen Grübeleien.

„Hast Du meinen letzten Satz gehört?"

Ich nickte und schluckte. Ich konnte ihm nicht die Wahrheit sagen, aber ich brachte auch die Lüge, dass er mir gleichgültig sei, nicht über die Lippen.

„Und?" Voller Erwartung sah er mich an und am liebsten hätte ich mich in diesem Augenblick auf die Zehenspitzen gestellt und ihn geküsst. Aber stattdessen wiederholte ich nur, was ich schon mehrmals gesagt hatte:

„Jonas, ich bin doch Deine Lehrerin." Aber dieses Mal sprach kein Ärger aus meinen Worten. Ich konnte selbst hören, wie traurig und resigniert ich klang, als ich sie aussprach.

Er sah mir lange tief in die Augen, sagte kein Wort, schien nachzudenken. Doch plötzlich breitete sich ein unwiderstehliches Lächeln auf seinem Gesicht aus:

„Gut, okay. Ich kann warten!"

Ein flüchtiger Kuss auf meinen Kopf, dann war er zur Tür hinaus.

Noch lange stand ich im Flur, dachte über seine Worte nach und fragte mich, warum ich nicht einfach den Satz gesagt hatte, der alles beendet hätte.

Allerdings schien das gar nicht notwendig gewesen zu sein, denn es war auch so vorbei. Jonas' benahm sich ab jetzt mir gegenüber wieder tadellos. Er arbeitete im Unterricht mit, war freundlich und interessiert. Mehr aber auch nicht. Kein verstohlener Blick in meine Richtung, kein heimliches Lächeln, kein Wort über den Unterricht hinaus. Es war, als wäre nie etwas zwischen uns gewesen.

Sein Verhalten irritierte mich von Tag zu Tag mehr. Hatte er inzwischen erkannt, dass ich unmöglich die Richtige für ihn sein konnte?, fragte ich mich. Oder hielt er sich einfach nur an sein Versprechen, dass niemand etwas merken würde? Nein, unmöglich! Niemand konnte sich so gut verstellen.

Wahrscheinlicher war, dass ich ihm längst gleichgültig geworden war. Kein Wunder, ich hatte ihn ja auch oft genug zurückgewiesen. Was willst Du eigentlich, Katja?, rief ich mich gedanklich selbst zur Ordnung. Es ist doch gut so, wie es jetzt ist. So hast Du es doch gewollt!

Hatte ich das wirklich?, fragte eine andere, zaghaftere Stimme, die aber sogleich wieder verstummte.

Während Jonas in den folgenden Wochen wieder ganz der aufmerksame Schüler war, fiel es mir dagegen unheimlich schwer, meine Gefühle für ihn, die eher stärker, statt schwächer geworden waren, zu verbergen. Ständig kreisten meine Gedanken um ihn, besonders abends, wenn ich zur Ruhe gekommen war. Immer wieder fragte ich mich dann, ob er wirklich das Interesse an mir verloren hatte oder ob er so ein guter Schauspieler war, dass er seine wahren Gefühle sogar vor mir verbergen konnte.

Ich wusste selbst nicht, warum mir das plötzlich so wichtig war. Eigentlich war es doch besser so, wie es jetzt war, doch trotzdem machte mich diese ganze Situation mehr und mehr fertig. Eine Tatsache, die leider auch meinen Kollegen nicht verborgen blieb. Immer öfter wurde ich in der Schule gefragt, ob es mir gut ginge und ob alles in Ordnung sei. Alles prima, versicherte ich dann immer, wohl wissend, dass ich keine gute Schauspielerin war. Ich aß immer weniger und schlief schlecht, war tagsüber unkonzentriert und gereizt.

In meiner Freizeit versuchte ich mich, irgendwie allein zu beschäftigen. Ich besuchte wieder die Singlebörse und schlug dort die Zeit mit sinnlosen Chats tot, ging zu Lesungen, Konzerten und Ausstellungen. Aber was ich auch tat, Jonas wollte mir einfach nicht mehr aus dem Kopf gehen. In den Pausen beobachtete ich ihn unauffällig. Meistens flirtete er dann gerade mit irgendwelchen Mädels, sodass es mir jedes Mal einen Stich versetzte. War ich etwa eifersüchtig? Auf eine Schülerin? Niemals!

Außerdem gab es keinen Grund. Ich hatte doch von ihm verlangt, dass er mich in Ruhe ließ. Wahrscheinlich war ihm sein Liebesgeständnis inzwischen längst peinlich und er war froh, mit mir nichts weiter zu tun zu haben. Mal abgesehen vom Unterricht, aber auch damit würde es nun bald vorbei sein. Die Zeit der Abiturprüfungen eilte mit riesigen Schritten heran und Jonas war die längste Zeit mein Schüler gewesen.

Nach meinem letzten Unterricht in der 12a, einer Stunde, in der es für mich ganz besonders schlimm gewesen war und ich immer wieder zu Jonas hatte hinüber sehen müssen, steckte er mir beim Rausgehen einen kleinen Zettel zu. Verdutzt sah ich ihm nach, dann konnte ich es kaum erwarten, allein im Raum zu sein. Als endlich auch der letzte Schüler das Klassenzimmer verließ, faltete ich mit zitternden Fingern das Blättchen auseinander und musste schon beim Lesen der Überschrift lächeln.

„Endlich nicht mehr Dein Schüler!", stand da in seiner sauberen, schnörkellosen Handschrift.

Die nächsten Worte machten mich noch glücklicher: „Katja, ich muss Dich sehen! Morgen früh um 6 Uhr hinter der Schule? Ich habe mir etwas einfallen lassen, damit Dich niemand erkennt. Zieh Dir bitte etwas Warmes an. Dein J."

Mein Herz hüpfte vor Freude und spontan drehte ich eine Pirouette im Klassenzimmer. Dann las ich noch einmal seine Zeilen, aus Angst irgendetwas falsch verstanden zu haben. Aber es blieb auch beim erneuten Lesen dabei: Jonas wollte sich mit mir treffen!

Es war verrückt! Ich wusste, dass ich nach wie vor seine Lehrerin war, auch wenn ich ihn nun nicht mehr unterrichtete. Aber komischerweise dachte ich nicht eine Sekunde daran, nicht zu diesem Treffen zu gehen.

Dein J., schrieb er. Also hatte ich mir nur eingebildet, dass er nichts mehr für mich empfand. Er war nur aus Rücksicht auf mich, äußerlich auf Abstand gegangen. Mir wurde ganz warm ums Herz bei dem Gedanken, dass er sich wirklich an sein Versprechen gehalten hatte.

In diesem Moment hätte ich nicht glücklicher sein können und konnte es kaum abwarten, ihn endlich wiederzusehen.

Überpünktlich stand ich am nächsten Morgen hinter der Schule. Es war Samstag und weit und breit keine Menschenseele zu sehen. Ich hatte keine Ahnung, was Jonas plante, hoffte aber, in Jeans und Lederjacke warm genug gekleidet zu sein. Trotz der frühen Stunde war ich putzmunter und fühlte mich völlig aufgekratzt. Und dass, obwohl ich in der Nacht vor Aufregung kaum schlafen konnte. Ständig überlegte ich, was Jonas sich wohl ausgedacht haben könnte und wie es zwischen uns sein würde.

Nur an meinem Entschluss, ihn sehen zu wollen, zweifelte ich keinen Moment. Ich hatte lange genug versucht, ohne Jonas auszukommen, und war dabei vor Sehnsucht nach ihm fast krank geworden. Jetzt würde ich ein einziges Mal auf mein Herz hören!

Keine fünf Minuten später fuhr ein Motorrad vor.

„Jonas", fragte ich erstaunt und versuchte unter dem Integralhelm sein Gesicht zu erkennen.

„Guten Morgen", begrüßte er mich lachend, nachdem er sein Visier hochgeklappt hatte. „Da staunst Du, was? Ich habe seit drei Tagen meinen Führerschein und dachte mir, wir machen mal zusammen einen Ausflug. Irgendwo hin, wo uns keiner kennt." Mit diesen Worten reichte er mir einen zweiten Helm. Als ich ihn aufsetzte, musste ich schmunzeln. Er hatte sich wirklich etwas einfallen lassen, mit diesem Ding auf dem Kopf würde mich tatsächlich keiner erkennen. Glücklich schwang ich mich hinter ihn auf das Motorrad.

„Gut festhalten", rief er noch, bevor er losbrauste und ich kam dieser Aufforderung nur zu gerne nach. Ich schlang meine Arme um ihn und kuschelte mich an seinen Rücken. Völlig vergessen hatte ich in diesem Moment, dass wir Lehrerin und Schüler waren, und freute mich nur unsagbar auf diesen Ausflug mit ihm.

Es wurde ein rundum schöner Tag. Er war mit mir in die Berge gefahren, weit weg von allem, was uns sonst trennte. Plötzlich war alles so selbstverständlich zwischen uns. Hand in Hand gingen wir spazieren, aßen eng nebeneinandersitzend zu Mittag und fuhren dann mit einem Ruderboot über den See. Wir redeten über alles Mögliche und immer wieder brachte er mich zum Lachen.

Es war, als wären wir ein Paar. Ein glückliches, verliebtes Paar!

Einerseits war da so ein stilles Verstehen zwischen uns, eine Übereinstimmung, wie ich sie zuvor noch nie mit einem Mann erlebte, und andererseits klopfte mein Herz wie wild, sobald ich ihn nur ansah oder er mich berührte.

Dieser Mann, so jung er auch sein mochte, hatte mich mit seiner Art, seinem Humor und seinem Charme total verzaubert.

Als er mich dann auf dem Rückweg zum Parkplatz plötzlich ganz fest in seine Arme nahm und küsste, hatte ich längst all meine Bedenken über Bord geworfen. Es fühlte sich alles so richtig und gut zwischen uns an, wie konnte es dann falsch sein?

3. Kapitel

Nach diesem Tag verleugnete ich meine Gefühle für Jonas nicht mehr länger. Natürlich war es nach wie vor schwierig, dass wir uns sahen, aber wenigstens reden wollte ich mit ihm können, wann immer ich mochte. Und so steckte ich ihm ein paar Tage später heimlich einen Zettel mit meiner Handynummer zu, ein Teil meiner Privatsphäre, den ich sonst vor meinen Schülern wie meinen Augapfel hütete. Jonas nutzte dieses Kommunikationsmittel sofort ausgiebig. Nachrichten gingen den ganzen Tag zwischen uns hin und her, wann immer sich die Gelegenheit dazu ergab, und jeden Abend führten wir lange, intensive Gespräche. So kamen wir uns immer näher, gingen immer vertrauter miteinander um, während wir, wenn wir uns in der Schule einmal zufällig trafen, alles taten, um nicht wie ein Paar zu wirken.

So sehr ich mich auch über jede Nachricht von Jonas freute, so gern ich stundenlang mit ihm telefonierte, so sehr zermürbte mich dieses Versteckspiel bald. Wie gerne hätte ich mich zu meiner Liebe bekannt, wie glücklich wäre ich gewesen, mit Jonas öffentlich durch die Straßen zu bummeln oder in einem Restaurant mit ihm zu Abend zu essen. Ganz normale Dinge eben, die Paare so tun.

Auch Jonas waren Nachrichten und Gespräche nicht genug und so fand er bald Mittel und Wege, um uns wenigstens ein paar ungestörte Momente voller Nähe und Zärtlichkeit zu ermöglichen. Gestohlene, heimliche Stunden, die wir weit weg von zu Hause verbrachten, immer in der Angst, auch dort irgendwo zufällig einem Bekannten zu begegnen.

Manchmal, wenn nicht die Zeit war, um zusammen wegzufahren und er es ohne mich nicht mehr aushielt, schlich er sich nach Einbruch der Dunkelheit durch den Hintereingang in mein Haus. Dann lag ich die halbe Nacht in seinem Arm, fühlte mich glücklich und geborgen. Und begehrte ihn zugleich mehr, als ich es hätte in Worte fassen können. Aber diese letzte Grenze überschritten wir nicht, obwohl ich natürlich auch sein Verlangen spürte und die Leidenschaft wahrnahm, mit der er mich umarmte und küsste.

Doch Jonas drängte mich nie. Vielleicht verstand er meine Skrupel, mich vollkommen auf ihn einzulassen, solange er noch an meiner Schule war.

Aber sobald er dann wieder weg war, bereute ich meine Gewissensbisse und fragte mich, warum ich meinem und seinem Begehren nicht endlich nachgab. Es machte doch sowieso keinen Unterschied mehr, meinen Job wäre ich wohl ohnehin los, wenn alles herauskäme. Aber irgendwie konnte ich nicht aus meiner Haut. Wenn wir uns wirklich liebten, so sagte ich mir, konnten wir auch auf die Zeit nach Jonas' Abitur warten. Dann konnten wir endlich tun und lassen, was immer wir wollten.

Der Frühsommer hatte schönes und warmes Wetter mit sich gebracht, aber leider wurden die Tage auch immer heller und länger. Ein Umstand, der unsere Treffen im Schutze der Dunkelheit, die mir immer ein Gefühl der Sicherheit vermittelt hatte, jetzt leider unmöglich machte.

Auch der Weg durch meinen Hintereingang blieb Jonas nun versperrt, denn bei dem schönen Wetter werkelten die Nachbarn im Garten oder saßen bis spät abends auf ihrer Terrasse. Wenn überhaupt, wäre ein Besuch erst mitten in der Nacht möglich gewesen, aber irgendwann mussten wir beide ja auch mal schlafen, zumal Jonas mitten in seinen mündlichen Prüfungen steckte.

Auch auf sein Motorrad konnte ich inzwischen nicht mehr steigen, war dieses in der Schule doch längst bekannt, wie ein bunter Hund. Gerade bei den Mädels hatte der Umstand, dass Jonas nun Motorrad fuhr, noch zu seiner Beliebtheit beigetragen. Genauso wie er, würde auch ich auf diesem Fahrzeug erkannt werden, da half selbst ein Helm nichts mehr. Eine Weile trösteten wir uns mit unseren Telefonaten. Ich konnte mich mit Jonas angeregt über alle möglichen Themen unterhalten und war immer wieder erstaunt, wie reif er für sein Alter war. Und er brachte mich zum Lachen, besonders dann, wenn ich mal wieder an allem zweifelte und Angst vor der Entdeckung unserer Beziehung hatte.

„Nicht mehr lange, dann bist Du nicht mehr meine Lehrerin", tröstete er mich oft. „Sobald ich dann studiere, können wir beide machen, was immer wir wollen."

Ich konnte diese Worte nicht oft genug hören, gaben sie mir doch die Hoffnung auf ein Happy End. Den Gedanken, dass ich ja trotzdem immer seine ehemalige Lehrerin bleiben würde, verdrängte ich damals.

An einem besonders lauen Sommerabend rief er an und verkündete freudig, dass er einen Treffpunkt für uns gefunden habe, an dem uns niemand entdecken würde.

„Komm in einer Stunde zum Park. Geh zum Seiteneingang rein und dann bis zu der Rotbuche. Ich warte dort auf Dich. Und mach Dir keine Sorgen", fügte er hinzu, als hätte ich meine Zweifel ausgesprochen, „niemand wird uns zusammen sehen. Wenn Du jemanden triffst, sagst Du, dass Du bei dem schönen Wetter einen Spaziergang machst, alles andere überlasse einfach mir."

Nichts lieber als das. Rasch zog ich mich um und machte mich auf den Weg.

Ja, ich hatte Angst, dass uns jemand zusammen sehen und daraus die richtigen Schlüsse ziehen würde, aber ich konnte Jonas' Vorschlag auch nicht widerstehen. Meine Sehnsucht nach ihm war so groß, dass ich ihn einfach wiedersehen musste.

Zum Glück wusste ich sofort, welchen Treffpunkt Jonas meinte. Im Park kannte ich mich gut aus, denn immer, wenn ich in letzter Zeit meinen Kopf hatte freibekommen wollen, war ich hier spazieren gegangen. Dabei entdeckte ich vor ein paar Tagen auch den alten, imposanten Baum mit seinen rotbraunen Blättern und erzählte anschließend Jonas davon.

Das schöne Wetter hatte etliche Spaziergänger in den Park gelockt, von denen ich aber zum Glück niemanden kannte. Und selbst wenn, beruhigte ich mich, ich ging ja auch nur spazieren. Allerdings konnte ich mir nicht erklären, was Jonas beabsichtigte.
Er konnte sich doch unmöglich hier, in dieser belebten Gegend, mit mir treffen wollen?
Wie er gesagt hatte, ging ich bis zu der Rotbuche. Aber dort war kein Jonas zu sehen, wie ich einerseits enttäuscht, andererseits erleichtert feststellte, denn gerade fuhr ein Radfahrer vorbei und ich bildete mir ein, sein Gesicht schon einmal gesehen zu haben. Als er mich auch noch so komisch ansah, meldeten sich alle meine Zweifel zurück. Als Lehrerin konnten mich Leute einordnen, von denen ich meinte, ihnen nie begegnet zu sein. Und genauso schnell würden sie auch Jonas, als meinen Schüler erkennen. Nein, hier konnten wir uns unmöglich treffen!
Am liebsten hätte ich jetzt sofort auf dem Absatz kehrtgemacht, um wieder nach Hause zu gehen, aber dann entschied ich mich, allem Risiko zum Trotz, wenigstens auf Jonas zu warten, um ihm unmissverständlich klar zu machen, dass sein neuer Treffpunkt nichts taugte. Und sollte uns jemand bei diesem Gespräch sehen, würden wir einfach so tun, als wären wir uns zufällig begegnet.
Der Teil des Parks, in dem ich mich jetzt befand, war recht naturbelassen und wirkte fast ein bisschen verwildert. Was mir persönlich allerdings besser gefiel, als der gestutzte Rasen und die, wie mit dem Lineal gezogenen Wege am Haupteingang.
Ich lehnte mich gegen den Stamm der Rotbuche und sah mich

um. Weit und breit war kein Jonas zu sehen. Dafür entdeckte ich gleich gegenüber eine Bank, die vor einigen wild wuchernden, hohen Büschen stand.

Eigentlich konnte ich es mir auch bequem machen, wenn ich schon warten musste, beschloss ich, ging hinüber und nahm Platz. Doch ein Blick auf meine Uhr ließ mich unruhig werden. Wo blieb Jonas nur? Diese Unpünktlichkeit passte so gar nicht zu ihm. Oder hatte ich vorhin etwas falsch verstanden?

Vielleicht war es sogar besser, wenn er nicht kam und wir kein Risiko mehr eingingen, sondern auf die Zeit nach seinem Abi warteten, versuchte ich mich zu trösten.

Da ließ mich ein Geräusch in meinem Rücken plötzlich herumfahren. Ich traute meinen Augen kaum, als mich Jonas' erhitztes Gesicht aus dem Grün der Büsche ansah und alle meine gerade gefassten Vorsätze lösten sich augenblicklich in Luft auf.

„Jonas", rief ich freudig, alle Vorsicht vergessend.

„Pst", machte er und legte einen Finger auf seine Lippen.

Erschrocken verstummte ich und sah mich hektisch um. Aber zu meiner Erleichterung war nirgends eine Menschenseele zu sehen.

„Bleib noch einen Moment sitzen und schau, dass Dich niemand beobachtet. Dann komm hinter das Gebüsch", flüsterte er und schon war sein Gesicht wieder verschwunden.

Ich holte tief Luft und musste plötzlich lachen. Das war ja fast wie in meinen Kindertagen, als ich mit meinen Freundinnen im Wald Verstecken gespielt hatte. Nur, dass ich heute noch viel aufgeregter als damals war. Mein Herz klopfte wie verrückt, was sicher aber auch an der Vorfreude lag, gleich bei Jonas zu sein.

Am liebsten wäre ich natürlich sofort aufgesprungen und zu ihm gelaufen. Aber ich zwang mich zur Ruhe und überprüfte noch mal, ob wirklich weit und breit, niemand zu sehen war.

Dann stand ich auf und schlenderte ein paar Meter an den Büschen entlang. Sie überragten mich bei Weitem und würden eine gute Deckung abgeben.

Am Ende dieser grünen Naturwand bog ich, wie Jonas gesagt hatte, ab. Doch leider erblickte ich dort nicht ihn, sondern befand mich vor einem erneuten Dickicht aus Zweigen und Blättern.

Zu meiner Verblüffung schoss plötzlich eine Hand aus diesem Urwald, fasste nach meinem Arm und zog mich zu sich heran. Einen Moment sah ich nur noch grüne Blätter und Zweige. Doch dann öffnete sich inmitten all der Sträucher ein schmaler Weg und ich stand direkt vor Jonas.

„Komm", sagte er nur, anstatt mich endlich in den Arm zu nehmen, und ich folgte ihm an seiner Hand durch eine Art Hohlweg, der durch die hohen Büsche führte.

Der Weg mündete auf einem kleinen, freien Platz inmitten der übergrünen Natur, dessen Rückseite von einer Felswand gebildet wurde. Die Spitze dieses Felsens hatte ich vorhin, vom Weg aus, inmitten des Buschwerks aufragen sehen, ohne weiter darauf zu achten. Nie hätte ich hier ein geheimes Versteck vermutet.

Doch genau das war dieser Ort, an dem jemand aus zwei großen Steinen und einem Brett eine Bank gebaut hatte, deren natürliche Rückenlehne der Felsen bildete. Sogar einen Tisch gab es, ein alter, verwitterter Baumstamm, auf dem eine Flasche Wein, zwei Plastikgläser sowie unzählige Teelichter standen, die, obwohl es noch taghell war, bereits leuchteten. War ich wach oder träumte ich? Völlig perplex stand ich da und betrachtete diesen Platz, der, obwohl nur ein paar Meter vom Weg entfernt, der perfekte Rückzugsort für uns war.

„Wie hast Du das alles …?", mir fehlten die Worte und ich schüttelte nur den Kopf.

Jonas freute sich über meine Verblüffung. „Dann gefällt es Dir?" Er küsste mich überschwänglich, bevor er weitersprach:

„Wenn wir nicht zu laut sind, wird uns hier nie jemand entdecken." Er lachte leise, sichtlich zufrieden mit sich und seiner Idee.

Aber ich machte mir immer noch Sorgen. Wenn Jonas von diesem Platz wusste, konnte doch auch jederzeit jemand anderes hierher kommen.

„Woher kennst Du diesen Ort?", fragte ich unsicher und sah mich ängstlich nach allen Seiten um. Aber zu meiner Erleichterung sah ich nichts außer den Sträuchern und der Felswand.

Wieder lachte Jonas und nahm mich in seine Arme: „Mein kleiner Angsthase."

Dann wurde er wieder ernst: „Mach Dir keine Gedanken, Katja. Den Weg, der zum Felsen führt, kannte ich noch aus meinen Kindertagen. Wir haben hier früher manchmal gespielt. Im Laufe der Jahre war aber alles zugewachsen. Ich habe es erst gestern ein bisschen freigeschnitten, damit Du von den Zweigen nicht völlig zerkratzt wirst. Und ich habe uns die kleine Bank gebaut. Die Natur hat für Felsen und Grünzeug gesorgt und ich eben für ein bisschen Ambiente. Sorry, dass es ein wenig länger gedauert hat." Er sah sich um: „Ich glaube, Kissen habe ich vergessen."

Er war unglaublich und sein jungenhaftes Grinsen sowieso unwiderstehlich. Ich lachte ihn an und schlank meine Arme um seinen Hals.

„Unser eigenes kleines Paradies", flüsterte ich.

Er hob mich hoch und wirbelte mich im Kreis herum. Dafür reichte der Platz gerade aus.

„Soll ich Dir noch Palmen besorgen", neckte er mich.

Ich schüttelte den Kopf. „Nein, ich habe alles, was ich brauche."

Da stellte er mich wieder auf den Boden und küsste mich zärtlich. Dann zog er mich hinüber zu der kleinen Bank und als wir dort eng aneinandergeschmiegt saßen, vergaß ich nicht nur alles um mich herum, sondern auch die Zeit.

Es war längst dunkel geworden, als er mich später bis zum Ausgang des Parks begleitete und mir nachsah, bis ich um die Ecke bog. Von hier war es nur noch eine Straße bis zu meinem Haus, aber aus Angst, dass wir zusammen gesehen werden könnten, hatte ich ihm verboten, mich bis dorthin zu bringen.

Unser grünes Versteck erwies sich als wahrer Segen. Wann immer es uns möglich war, trafen wir uns in den nächsten Tagen dort. Und immer ließ sich Jonas etwas anderes einfallen. Mal war der Boden vor unserer Bank mit roten Rosenblättern bedeckt, ein anderes Mal sorgte leise Geigenmusik aus seinem Handy für die richtige Stimmung oder bunte Solarlampions schaukelten in den Büschen.

Mit ihm fand ich alles, was ich früher wahrscheinlich als kitschig bezeichnet hätte, wahnsinnig romantisch und konnte nicht genug davon bekommen. Ebenso wenig wie von ihm. Meine Gedanken drehten sich nur noch um Jonas, und jeder Moment ohne ihn erschien mir zunehmend leer und sinnlos.

So hatte ich mit Bangen einem Sonntag entgegengesehen, an dem Jonas den ganzen Tag mit seinem Vater angeln gehen wollte und wir uns deshalb nicht würden sehen können. Aber dann bekam ich zu meiner großen Erleichterung an diesem Tag schon am Morgen eine Nachricht von ihm:

„Geht nicht ohne Dich! Kommen früher zurück", schrieb er. „Will Dich heute unbedingt sehen. Nachmittags um Fünf an unserem Platz? Dein J."

Ich war so glücklich, dass ich ihm anscheinend genauso fehlte, wie er mir. Plötzlich machte dieser Tag wieder Sinn. Trotz sommerlicher Hitze erledigte ich voller Elan, die mir sonst so verhasste Hausarbeit. Anschließend kochte ich mir etwas Leckeres zum Mittag, lag eine Stunde im Garten in der Sonne und verbrachte dann viel Zeit im Bad, bis ich mit mir und meinem Spiegelbild zufrieden war.

Ich freute mich so unbändig darauf, Jonas wiederzusehen, dass ich schon lange vor der verabredeten Zeit im Park war. Erst schlenderte ich eine Weile hin und her, dann setzte ich mich auf die Bank vor dem Gebüsch. Aber plötzlich bekam ich Angst, dass Jonas vielleicht schon am geheimen Treffpunkt auf mich warten könnte. Schnell sprang ich auf, rannte um das Gebüsch und zwängte mich durch die Sträucher. Innerhalb von nur einigen Tagen war der von Jonas geschaffene Durchgang schon wieder halb zugewachsen.

Meine Sorge erwies sich jedoch als unbegründet, denn unser Platz war menschenleer. Keine Spur von Jonas, was auch kein Wunder war, denn es war immer noch viel zu früh. Da ich zu unruhig war, um hier allein auf ihn zu warten, entschied ich, zur Bank zurückzukehren. Also quetschte ich mich erneut durch die Sträucher, ging um das Gebüsch herum in Richtung Weg und stolperte dort beinahe über meinen Direktor.

Entsetzt fuhr ich zurück, aber Herr Kramer war nicht minder erschrocken.

„Frau Eislinger, was schleichen Sie denn hier durch die Botanik?", meinte er erregt und schüttelte missbilligend den Kopf.

Ich rang um Fassung. „Ich, äh, war spazieren." Dümmer ging es kaum, gab es doch dafür genügend Wege.

„Aha. Heute scheint ja die ganze Schule hier unterwegs zu sein. Eben habe ich ganz in der Nähe schon den Jonas aus der 12a getroffen. Er sagte, er wolle auch spazieren gehen. Gute Idee, habe ich ihm geantwortet, jetzt wo er seine Prüfungen hinter sich hat. Und besser, als immer nur mit seinem Motorrad herumzufahren."

Herr Kramer hatte sich von dem Schreck erholt und lachte. Ich spürte, wie ich bei der Erwähnung von Jonas' Namen verräterischerweise rot anlief. Ein Umstand, der meinem Direktor nicht entgangen war.

„Frau Eislinger, ist alles in Ordnung bei Ihnen? Sie sehen ja ganz errötet aus."

„Ja, alles gut, das ist nur die Wärme", versuchte ich mich herauszureden, und bereute, keine bessere Lügnerin zu sein. Zu allem Unglück bot mir Herr Kramer auch noch an, mich ein Stück zu begleiten, und da ich zu keiner weiteren Lüge mehr fähig war, stimmte ich zu.

So gingen wir nebeneinander her und auch wenn ich meinen Direktor eigentlich ganz gut leiden konnte, kostete mich der Small Talk mit ihm heute eine enorme Überwindung. Ich fühlte mich nach dem Schreck über unsere unerwartete Begegnung völlig erschöpft. Was ging mich da das Wetter oder gar sein Garten an?

Als sich Herr Kramer unweit des Parks endlich an einer Straßenkreuzung verabschiedete, war ich unsagbar erleichtert. Ich zitterte innerlich immer noch vor Aufregung und wohl auch vor Angst. Immerhin wären Jonas und ich beinahe aufgeflogen. Entsetzt dachte ich darüber nach, wie nah ich gerade am Abgrund gestanden hatte. Undenkbar, wenn Herr Kramer uns zusammen erwischt hätte. Aber vielleicht zählte sich mein Direktor ja auch so schon eins und eins zusammen? Immerhin hatte er ja nicht nur mich, sondern auch Jonas gesehen.

Nein, versuchte ich mich wieder zu beruhigen, dann wäre er nicht so freundlich gewesen.

Oder, meldete sich die Angst erneut, war seine nette Art nur gespielt, und er suchte bereits nach Beweisen für mein Fehlverhalten? Hektisch schaute ich mich um und erwartete fast, meinen Direktor um irgendeine Hecke spähen zu sehen. Doch dann schüttelte ich über mich selbst den Kopf. Das grenzte ja schon fast an Verfolgungswahn. Der Mann war Lehrer und kein Privatdetektiv.

Trotzdem wäre ich jetzt am liebsten in meine Wohnung geflüchtet. Es war besser, wenn Jonas und ich uns bis zum Abiball nicht mehr sahen. Danach würde er kein Schüler mehr sein und kein Direktor der Welt konnte etwas gegen unsere Beziehung haben.

Ich suchte in meiner Handtasche nach meinem Handy, um Jonas abzusagen, musste aber erschrocken feststellen, dass ich dieses wohl zu Hause auf dem Küchentisch liegen gelassen hatte.

Was nun? Ich konnte Jonas doch nicht einfach so am vereinbarten Treffpunkt stehen lassen. Sicher wartete er längst auf mich. Und plötzlich war die Sehnsucht nach ihm wieder so groß, dass ich nichts mehr wollte, als bei ihm zu sein. Ängstlich sah ich mich nach allen Seiten um, und ging, als ich nirgends ein bekanntes Gesicht entdecken konnte, zurück zum Park. Ich eilte den Weg entlang und zwängte mich wieder durch die Büsche.

Jetzt wartete Jonas tatsächlich an unserem geheimen Platz auf mich. Und er schien nicht weniger aufgeregt und durcheinander zu sein, als ich selbst.

„Katja, wo bleibst Du denn?", sprudelte er regelrecht heraus. „Ich dachte schon, es ist etwas passiert. Oder bist Du etwa auch Herrn Kramer in die Arme gelaufen?"

Die Antwort auf seine Frage stand mir wohl ins Gesicht geschrieben.

„Echt?" Jonas fuhr sich nervös durch die Haare. „Aber er hat nichts gemerkt, oder?"

Ich schüttelte den Kopf. „Ich glaube nicht."

„Na ein Glück!" Schon lachte er wieder. Er griff nach meinen Händen, ließ sich nach hinten auf die Bank fallen und zog mich auf seinen Schoß. Dann küsste er mich überschwänglich. Seine Berührungen und stürmischen Liebkosungen ließen mich schnell vergessen, dass ich ihm eigentlich hatte sagen wollen, dass wir vorsichtiger sein mussten.

Erst zu Hause, allein in meinem Bett, kam die Vernunft zurück. In knapp einer Woche würde der Abiball sein und bis dahin durften wir uns nicht mehr treffen, sonst flog am Ende doch noch alles auf.

Ich schrieb Jonas eine Nachricht und versuchte ihm klar zu machen, dass es bis zum nächsten Samstag keine heimlichen Dates mehr geben würde.

Er reagierte umgehend: „Das ist nicht Dein Ernst!?"

Ich konnte sein Murren förmlich hören.

„Doch", antwortete ich. „BITTE!"

Jetzt wartete ich lange auf seine Antwort.

„Okay, wenn's Dich glücklich macht", kam dann endlich eine Nachricht. „Schlaf schön."

Nein, glücklich machte mich diese Entscheidung sicher nicht. Ganz im Gegenteil, die Vorstellung ihn fast eine Woche lang nicht sehen oder berühren zu können, nicht von ihm in den Arm genommen zu werden, machte mich schon jetzt krank vor Sehnsucht. Aber ich wollte auch meine Arbeit als Lehrerin behalten und konnte kein Risiko mehr eingehen. Leider verzichteten wir in den nächsten Tagen auch darauf, miteinander zu telefonieren.

„Ich muss Dich einfach sehen, sobald ich Deine Stimme höre", hatte Jonas gesagt und ein Gespräch abrupt beendet. Was hätte ich dem entgegensetzen sollen? Ich verstand ihn ja.

Sehnsüchtig wartete ich darauf, dass Jonas endlich sein Abi hatte und unserer Liebe nichts mehr im Wege stehen würde.

4. Kapitel

Dann war er endlich da, der Abend des Abschlussballes. Kaum betrat ich den Saal, da entdeckte ich Jonas schon. Er sah umwerfend aus. Seine Haare waren ein wenig kürzer als sonst und in seinem schwarzen Anzug und dem hellblauen Hemd wirkte er sehr erwachsen. Nur auf eine Krawatte hatte er, im Gegensatz zu seinen Mitschülern, verzichtet. Lässig trug er den obersten Knopf seines Hemdes offen, was ihn in meinen Augen nur umso anziehender wirken ließ. Wäre ich nicht schon längst in ihn verliebt gewesen, dann wäre es wohl spätestens heute Abend um mich geschehen gewesen.

Auch Jonas hatte mich gesehen und nickte mir kaum merklich zu. Es war unverkennbar, dass ihm auch mein Anblick gefiel. Nur gut, dachte ich erleichtert, dass ich mich gegen das unauffällige Kostüm und für ein enges, langes Kleid in leuchtendem Rot entschieden hatte.

Jonas musterte mich allerdings so unverhohlen von Kopf bis Fuß, dass ich meinte, jeder im Raum müsste sein Verlangen ebenso spüren, wie ich selbst es tat. Als mir vor lauter Verlegenheit wieder mal das Blut ins Gesicht stieg, flüchtete ich auf die Toilette.

Als ich endlich in den Saal zurückkehrte, begann bereits das Programm. Schnell ging ich zu dem Tisch, an dem meine Kollegen saßen, und nahm Platz.

Es war mein erster Abiball, an dem ich als Lehrerin teilnahm, aber der Ablauf erinnerte mich sehr an meinen eigenen als Schülerin, auch wenn dieser schon ein paar Jährchen zurücklag.

Die feierliche Zeugnisübergabe hatte bereits gestern stattgefunden. Heute sorgten der Schulchor und das Orchester der Musikschule für die musikalische Umrahmung, es wurden Reden gehalten und Dankesworte gesprochen. Nach dem offiziellen Teil kümmerte sich ein DJ um die weitere Unterhaltung.

Alle schienen gut gelaunt. Die Schüler waren froh und erleichtert, dass sie ihr Abi in der Tasche hatten, die Lehrer wirkten entspannter und gelöster als sonst, und Eltern und Verwandte waren stolz auf ihren Nachwuchs.

Und ich? Ich war ein wenig angespannt, aber auch unheimlich stolz auf Jonas, fast so, als wäre er tatsächlich mein Mann. Aber war er das nicht auch? Beinahe jedenfalls? Und jetzt, wo er endlich kein Schüler mehr war, brauchten wir auf nichts und niemanden mehr Rücksicht zu nehmen. Noch eine Weile würden wir unsere Beziehung zwar geheim halten müssen, um dummes Gerede zu vermeiden, aber danach stand unserer gemeinsamen Zukunft nichts mehr im Wege.

Heute Abend aber musste ich mich noch damit begnügen, den Mann, den ich liebte und begehrte, nur aus der Ferne zu beobachten. Gerne hätte ich ihn wenigstens angesprochen und ihm gratuliert, aber bei all den neugierigen Augen und Ohren um mich herum, wagte ich nicht einmal das. Ich war mir sicher, dass meine Gefühle für ihn inzwischen so offensichtlich waren, dass selbst der unsensibelste meiner Kollegen etwas davon mitbekommen musste.

Jonas schien dieselben Bedenken zu haben und hielt gebührenden Abstand zu mir. So erleichtert ich darüber einerseits war, so sehr versetzte es mir andererseits jedes Mal einen Stich, wenn ich sah, wie er anstatt mit mir, mit einer seiner ehemaligen Mitschülerinnen feierte und tanzte.

Sehnsüchtig wartete ich auf das Ende der Veranstaltung und versuchte mich, mit dem Gedanken zu trösten, dass ich Jonas später ganz für mich allein haben würde. Vielleicht war heute auch endlich der richtige Zeitpunkt, um ihn mit zu mir nach Hause zu nehmen und mit ihm zu schlafen?, überlegte ich.

Ich war so sehr in meine Gedanken versunken gewesen, dass ich regelrecht zusammenfuhr, als Jonas plötzlich an meinem Tisch stand und mich zum Tanzen aufforderte.

Ich zögerte und wusste nicht, wie ich reagieren sollte, die Blicke meiner Kollegen wie feine Nadelstiche auf meiner Haut spürend. Am liebsten hätte ich den Kopf geschüttelt, aber ich konnte ihm doch keinen Korb geben? Das hätte sicher erst recht für Gerede gesorgt. Und außerdem, was war schon dabei, wenn ich mit einem meiner ehemaligen Schüler tanzte? Also stand ich auf und folgte Jonas zur Tanzfläche. Er wirkte erhitzt und hatte wohl auch schon einiges getrunken. Warum auch nicht, heute war sein Abend und er besaß, mit seinem erfolgreichen Abi in der Tasche, allen Grund zum Feiern. Die Musik war recht flott und wie selbstverständlich nahm er mich in den Arm und wirbelte mich herum. Er war ein guter Tänzer und führte mich mühelos.

Doch dann kam ein langsamer Titel, eines meiner Lieblingslieder.

„Hab ich mir für Dich gewünscht", flüsterte er in mein Ohr und zog mich eng an sich."

„Jonas." Ich versuchte, wieder einen gewissen Abstand zwischen uns herzustellen, wusste ich doch, wie viele Blicke uns folgten. Aber er hielt mich viel zu fest, als dass ich dagegen hätte ankommen können.

„Was denn? Wir gehören doch zusammen, sollen alle uns sehen." Er sagte es zwar leise, aber mir wurde trotzdem heiß und kalt. Heute war definitiv der falsche Moment für so ein Outing.

„Bitte, Jonas, nicht." Doch er musste betrunkener sein, als ich anfangs dachte, denn trotzig zog er mich nur noch fester an sich.

Die paar Minuten wurden zur Qual. Dabei hatte ich mir so oft gewünscht, eng an eng mit ihm zu tanzen, und mir dabei vorgestellt, wie die Blicke anderer Frauen uns neidisch folgen würden. Aber doch nicht hier und heute! Auf die Blicke seiner Mitschüler und meiner Kollegen hätte ich gut verzichten können.

Irgendwie überstand ich den Tanz, machte mich dann schroff von ihm los, ließ ihn stehen und eilte zurück an meinen Tisch. Den Beweis, wie aufmerksam wir beobachtet worden waren, erhielt ich umgehend, denn Herr Kramer empfing mich mit der Bemerkung:

„Was ist denn heute mit Jonas los? Mir ist ja schon öfter aufgefallen, dass er einen Narren an Ihnen gefressen hat, aber das ging eben wohl doch ein bisschen zu weit."

Und Frau Bertling, eine ältere Deutschlehrerin, mit der ich nie so recht warm geworden war, fügte entrüstet hinzu:

„Der hat sie ja im Arm gehalten, als wären sie ein Liebespaar. Was der Bengel sich einbildet! Immerhin sind sie eine gestandene Frau und er ein Schüler. Früher gab es so etwas nicht. Das kommt, wenn Lehrer sich zu sehr mit ihren Schülern auf eine Stufe stellen. Dann vergessen die ihre Grenzen."

„Also Frau Bertling, nun übertreiben Sie mal nicht", stellte sich Herr Kramer zum Glück auf meine Seite. „Was kann Frau Eislinger denn dafür, wenn der Jonas zu viel getrunken hat. Lassen wir es ihm heute ausnahmsweise als einmaligen Ausrutscher durchgehen. Nicht wahr?"

Er sah mich an und ich nickte betreten. Aber da war etwas in seinem Blick, das mich stutzen ließ. Fast schien es mir, wie eine versteckte Warnung: Lassen Sie die Finger von Jonas! Ahnte mein Direktor etwas oder bildete ich mir das, durcheinander wie ich war, nur ein?

Frau Bertling murmelte sich noch etwas in ihren nicht vorhandenen Bart und mir war, als würden mich auch die anderen Kollegen am Tisch plötzlich skeptisch beäugen. Am liebsten wäre ich aufgestanden und hätte mich irgendwo verkrochen, aber aus Angst, dann erst recht zum

Gesprächsthema des Abends zu werden, blieb ich sitzen. Ich hoffte nur, dass Jonas heute nicht noch so einen Auftritt hinlegte.

Komischerweise konnte ich ihn aber nirgends mehr entdecken. Hatte er das Fest etwa bereits verlassen? Ich wusste selbst nicht, ob ich darüber nun erleichtert oder enttäuscht sein sollte.

Vielleicht hing er ja irgendwo mit einem Mädel rum, nachdem ich ihn abblitzen ließ? Verehrerinnen stehen ihm ja ausreichend zur Verfügung, dachte ich eifersüchtig.

Aber je mehr Zeit verging, umso größere Sorgen machte ich mir auch. Lag er etwa, so betrunken wie er gewesen war, hilflos in irgendeiner Ecke und wartete darauf, dass ihn endlich jemand fand und ihm half? Bald schon malte ich mir die unmöglichsten Schreckensszenarien aus und vergaß dabei ganz, dass ich ja eigentlich wütend auf ihn sein wollte.

Schließlich holte ich mein Handy aus der Tasche und überlegte, wo ich eine ruhige Ecke finden könnte, um Jonas anzurufen. Doch beim Blick auf das Display sah ich, dass ich eine Nachricht von ihm hatte.

„Wenn ich Dir noch irgendwas bedeute, komm zu unserem Treffpunkt! Sofort!", las ich fassungslos seine Worte, die er bereits vor über einer Stunde schickte.

Was sollte das denn?, fragte ich mich schockiert. Wenn ich dir etwas bedeute?, schrieb er. Wie konnte er denn nach allem, was ich für unsere Beziehung riskiert hatte, daran zweifeln?

Vor Enttäuschung kamen mir fast die Tränen und schnell zwinkerte ich ein paar Mal. Fang jetzt hier bloß nicht an zu heulen, ermahnte ich mich. Sonst wirst du endgültig zum Schulgespräch.

„Was Wichtiges?" Der Direktor wies auf mein Handy.

Ich schüttelte den Kopf und steckte rasch das Telefon weg: „Nein, das kann warten."

48

Es verging noch eine weitere Stunde, bis sich die ersten Kollegen endlich verabschiedeten und auch ich mich unter dem Vorwand, müde zu sein, davon machen konnte. Hoffentlich würde ich Jonas nach der langen Zeit überhaupt noch antreffen.

Auf dem schnellsten Weg lief ich zum Park und stöckelte dann auf meinen Absatzschuhen über die unebenen Wege, die nur von einigen vereinzelten Laternen notdürftig erhellt wurden. Mit jedem Schritt wurde ich ärgerlicher auf Jonas und vergaß dabei fast meine Angst, die mich im Dunkeln immer beschlich. Was bildete er sich eigentlich ein, mich erst beim Abiball dermaßen zu brüskieren und dann auch noch allein durch den dunklen Park laufen zu lassen? Mit jedem Schritt wurde ich wütender.

Am Gebüsch war es stockdunkel. Zaghaft tastete ich mich vorwärts und drängelte mich dann ungeschickt durch die Büsche. Um unseren geheimen Weg zu finden, konnte ich mich jetzt nur auf mein Gespür verlassen. Aber damit war es anscheinend nicht weit her, denn immer wieder musste ich umkehren und meine Richtung korrigieren. Den Hohlweg fand ich aber trotz allem nicht. Als mir Äste und Zweige schon längst mein Gesicht und meine Hände zerkratzt hatten und ich kurz davor war, aufzugeben, entdeckte ich endlich einen Durchschlupf und fand mich urplötzlich auf dem kleinen Platz wieder.

Eine dunkle Silhouette zeichnete sich direkt vor mir ab und ich prallte vor Schreck zurück.

„Jonas?", flüsterte ich atemlos.

„Wer sonst?" Die Kälte in seiner Stimme erschreckte mich. „Schön, dass die Dame auch endlich kommt."

So unfreundlich und zynisch hatte er noch nie geklungen. Ich roch seine Alkoholfahne und fragte mich, ob es eine gute Idee gewesen war, ihm hierher zu folgen. Aber meine Wut ließ mich meine Zweifel schnell wieder vergessen und ärgerlich fuhr ich ihn an:

„Was denkst Du Dir eigentlich dabei, mich mitten in der Nacht hierher zu bestellen?" Es klang abweisender, als ich es beabsichtigte, aber meine Nerven lagen nach diesem Abend blank. Wenn ich nur an die Blicke der Kollegen dachte, wurde mir immer noch ganz schlecht, und mein Fußmarsch durch den düsteren Park hatte meine Laune auch nicht gerade gesteigert.

„Und was bildest Du Dir ein, mich auf der Tanzfläche einfach wie einen dummen Jungen stehen zu lassen?", schoss er zurück und trat so nah an mich heran, dass ich für einen Moment richtig Angst vor ihm bekam. Aber dann rief ich mir ins Gedächtnis, dass es ja Jonas war, der hier vor mir stand.

Mein Jonas! Plötzlich tat er mir leid. Versöhnlich legte ich meine Hand auf seine Brust. „Du weißt warum, Jonas. Ich war heute immer noch Deine Lehrerin."

In der Dunkelheit konnte ich seine Mimik nicht sehen und so war ich geschockt, als er mir wütend antwortete:

„Du wirst immer meine Lehrerin sein, Katja. Das ist mir heute klar geworden."

„Aber das stimmt doch nicht, Jonas", versuchte ich ihn zu beruhigen. „Bitte benimm Dich doch nicht wie ein trotziges Kind." Die Worte, die meiner eigenen Hilflosigkeit entsprungen und eigentlich versöhnlich gemeint gewesen waren, bewirkten bei ihm genau das Gegenteil. Jonas explodierte regelrecht:

„Ich zeig Dir gleich Kind", schnaufte er, griff mich unsanft bei den Armen, riss mich herum und drückte mich mit seinem ganzen Körpergewicht gegen den Felsen. Sein Mund presste sich auf meinen und er küsste mich heftig, durch meine Gegenwehr wohl nur noch angestachelt.

„Jonas", rief ich verzweifelt, als es mir gelang, für einen Moment mein Gesicht zur Seite zu drehen. Aber er schien wie von Sinnen. Während er mit einer Hand meine Arme hinter meinem Rücken festhielt, bemühte er sich mit der anderen, mein Kleid nach oben zu schieben. Mit aller Kraft versuchte ich mich zu wehren und hatte doch keine Chance gegen ihn. Fassungslos fragte ich mich, wo der sanfte, einfühlsame Mann geblieben war, mit dem ich mich sonst hier traf, und dem ich bedenkenlos mein Leben anvertraut hätte.

Aber so schnell wie der Spuk begann, war er auch wieder vorbei. Auf einmal schien er sich zu besinnen, denn er ließ von mir ab, taumelte zurück und stammelte: „Verzeih mir, Katja. Bitte verzeih mir!"

Dann war er wieder bei mir und bedeckte mein Gesicht mit zärtlichen Küssen. Doch bevor ich überhaupt realisierte, wie mir geschah, wich er schon erneut zurück, um ohne ein weiteres Wort im Gebüsch zu verschwinden.

Zitternd stand ich da und lauschte den Geräuschen seiner Flucht, bis es still um mich herum war. Erschöpft ließ ich mich auf die kleine Bank sinken, auf der wir sonst nur gemeinsam gesessen hatten, und brach in Tränen aus.

Ich weiß nicht, wie lange ich dort ausharrte. Irgendwann waren meinen Tränen versiegt, aber ich fühlte mich nach wie vor, wie betäubt. Warum, fragte ich mich immer wieder, war dieser Abend, auf den ich mich doch so gefreut hatte, nur dermaßen aus dem Ruder gelaufen?

Ich wusste weder was ich denken, noch was ich fühlen sollte. Ein Teil von mir hoffte noch immer auf Jonas' Rückkehr, ein anderer fürchtete sich genau davor, aus Angst, dass er erneut so über mich herfallen würde.

Er ist ja noch rechtzeitig zur Besinnung gekommen, versuchte ich mich zu beruhigen, aber es wollte mir nicht so recht gelingen. Ich mochte mir gar nicht vorstellen, was passiert wäre, wenn Jonas noch mehr getrunken gehabt und vollkommen die Kontrolle über sich verloren hätte.

Möglicherweise hätte er mich dann hier einfach an Ort und Stelle vergewaltigt?

Dieser Gedanke erschreckte mich so sehr, dass ich ihn sogleich weit von mir schob. Nein, doch nicht mein Jonas!

Aber der Schock saß tief und mein Vertrauen in ihn war bis in seine Grundfeste erschüttert. So wie eben hatte ich ihn noch nie zuvor erlebt und ich hätte mir auch nie vorstellen können, dass dieser sonst so sensible und liebevolle Mann, überhaupt zu so einem Verhalten fähig sein könnte.

Es machte keinen Sinn, hier noch länger zu sitzen und zu grübeln. Ich würde mit Jonas reden, sobald er wieder nüchtern war, um eine Erklärung für sein Verhalten zu verlangen. Und eine Entschuldigung!

Nach diesem Entschluss rappelte ich mich auf und machte mich ängstlich auf den Rückweg durch den Park, immer in der Erwartung, von irgendjemanden aus dem Dunklen heraus, angefallen zu werden. Eine irreale, übertriebene Angst, die mich begleitete, seitdem ich ein Kind war. In letzter Zeit hatte ich sie ganz gut unter Kontrolle gehabt, aber jetzt war sie unvermindert stark zurückgekehrt.

Es wurde gerade hell, als ich fix und fertig zu Hause ankam. Mein Anblick im Flurspiegel ließ mich erschrecken. Die Haare wirr, das Gesicht zerkratzt, verweinte Augen, das Kleid verschmutzt und am Arm zerrissen, war von der Frau, die sich vorhin glücklich von hier aus auf dem Weg gemacht hatte, nichts mehr zu erkennen.

Erschöpft und müde schleppte ich mich ins Bad, schminkte mich mit letzter Kraft ab und fiel dann in mein Bett.

Beim Einschlafen meinte ich immer noch, Jonas' grobe Berührungen und harten Küsse zu spüren. Warum nur hatte er sich mit Gewalt nehmen wollen, was ich ihm ohnehin heute gerne geschenkt hätte?

Dieser Gedanke brachte eine Welle der Enttäuschung und Verzweiflung mit sich. Weinend schlief ich irgendwann vor Erschöpfung ein.

Am nächsten Tag blieb ich einfach im Bett. Für irgendetwas anderes fehlte mir die Kraft. Nichts sehen, nichts hören, einfach nur schlafen. Wer schläft, braucht nicht zu denken. Einige Stunden lang klappte dieser Plan ganz gut und zum Glück hatte ich ja genügend Zeit. Es war nicht nur Sonntag, es lagen auch sechs Wochen Ferien vor mir. Jede Menge freie Zeit, in der ich tun und lassen konnte, was ich wollte. Erst gegen Abend stand ich auf, um mir ein heißes Bad einzulassen. Niedergeschlagen lag ich dann in der Badewanne, denn das, was mich sonst entspannte, verfehlte heute völlig seine Wirkung.

Und so verkroch ich mich bald wieder in mein Bett und zog mir die Decke über den Kopf. Aber dummerweise konnte ich jetzt nicht wieder einschlafen.

Wie ein Film lief die Erinnerung an den gestrigen Abend und das Schreckensszenario der Nacht vor meinem inneren Auge ab. Immer und immer wieder, wie in einer Endlosschleife. Und jedes Mal fragte ich mich, wie alles nur so weit kommen konnte, ohne eine zufriedenstellende Antwort auf meine Frage zu finden.

Immer wieder kam ich auch in Versuchung, mein Handy aus der Handtasche zu holen, um nachzuschauen, ob Jonas sich gemeldet hatte. Oder besser gesagt, eigentlich war ich mir sogar sehr sicher, dass er inzwischen mehrfach versucht haben musste, mich zu erreichen. Wahrscheinlich hatte er unzählige Nachrichten geschickt, um sich zu entschuldigen und sein Verhalten zu erklären.

Aber wollte ich heute seine Rechtfertigungen und Liebesbeteuerungen wirklich lesen? Jonas hatte gestern eindeutig eine Grenze überschritten. Und er hatte mir Angst gemacht! Beides war absolut unakzeptabel, da konnte es nicht schaden, wenn ich ihn eine Weile zappeln ließ, bis ich mich wieder bei ihm meldete.

Doch trotz allem, was geschehen war, zweifelte ich keine Sekunde an seiner Liebe. Nur weil er mich liebte, so redete ich mir ein, war es ja überhaupt so weit gekommen. Und der viele Alkohol war natürlich Schuld gewesen. Vielleicht aber auch mein abweisendes Verhalten, überlegte ich weiter. Nicht, dass ich die Schuld bei mir suchen wollte, das tat ich früher viel zu oft.

Aber je länger ich nachdachte, umso sicherer war ich mir, dass mich zumindest eine Mitverantwortung an seinem Ausraster traf. Ja, er hatte sich furchtbar daneben benommen, ja, ich besaß allen Grund ärgerlich auf ihn zu sein, aber wenn ich beim Tanzen ein wenig sensibler mit ihm umgegangen wäre und ihn anschließend nicht einfach stehen gelassen hätte, wäre das alles gar nicht passiert. Im Nachhinein machte ich mir jetzt Vorwürfe, dass mir mein Ruf wichtiger gewesen war, als Jonas. Dabei vergaß ich allerdings völlig, dass meine berufliche Existenz auf dem Spiel gestanden hatte.

Schließlich steigerte ich mich so dermaßen in meine Selbstanklagen hinein, dass ich das unbezwingbare Verlangen verspürte, mit Jonas über alles zu reden, ihm alles zu erklären. Ich rappelte mich hoch, holte mein Handy aus der Tasche und starrte dann ungläubig auf das Display. Denn zu meiner maßlosen Enttäuschung wurde dort weder der Eingang einer Nachricht, noch ein verpasster Anruf angezeigt.

Das war doch unmöglich! Jonas hätte sich doch längst bei mir melden müssen? Ungläubig hörte ich meine Mailbox ab, aber es blieb dabei – kein Anruf.

Angesichts solcher Ignoranz kehrte meine Wut auf ihn zurück. Es mochte ja sein, dass mein Verhalten beim Abiball nicht ganz okay gewesen war, aber den richtigen Mist hatte doch er gebaut, als er im Park regelrecht über mich hergefallen war.

Warum hielt er es dann jetzt nicht wenigstens für nötig, mir eine Entschuldigung zu schicken? Oder wenigstens einen kleinen Gruß? Er machte sich anscheinend ja noch nicht einmal Gedanken, ob ich im Dunkeln überhaupt gut nach Hause gekommen war?

Ich legte das Handy beiseite. Nein, ich würde ihn nicht anrufen! Wenn hier einer den ersten Schritt machen musste, dann war das Jonas. Und er würde sich ganz schön etwas einfallen lassen müssen, um sein Verhalten wieder gut zu machen und mein Vertrauen zurückzugewinnen.

Ich wartete die ganze Nacht und den nächsten Tag. Dann konnte ich nicht mehr anders und versuchte ihn doch anzurufen. Aber leider erreichte ich nur die Mailbox und legte wieder auf.

Dann schrieb ich ihm eine Nachricht:

„Hallo Jonas, was ist los mit Dir? Wenn hier einer einen Grund hat, sauer zu sein, dann bin doch ich das, oder? Warum meldest Du Dich nicht? K.“

Aber ich erhielt keine Antwort. Ich wollte ärgerlich auf ihn sein und darauf warten, dass er den nächsten Schritt tat, aber meine Sorge um ihn wurde immer größer. Dieses Schweigen war so untypisch für Jonas. Außerdem war er furchtbar betrunken gewesen. Was, wenn ihm auf seinem Nachhauseweg irgendwas passiert war? Vielleicht lag er jetzt ohne sein Handy in irgendeinem Krankenhaus, und konnte mich nicht erreichen, obwohl er mich gerade dringend brauchte?

Es vergingen noch zwei Tage, an denen ich unzählige Male auf mein Handy schaute, ihm mehrere Nachrichten schickte oder versuchte ihn anzurufen. Keine Reaktion von ihm!

Mit jedem erfolglosen Versuch vergaß ich mehr, was vorgefallen war und machte mir immer größere Sorgen.

Nach einer erneuten schlaflosen Nacht entschied ich, herauszufinden, was mit Jonas los war. Also zog ich mich an, überschminkte, so gut es ging, meine Kratzer und verließ das Haus. Noch nie hatte ich diesen Weg eingeschlagen, aber ich wusste aus Jonas' Erzählungen, wo er mit seinen Eltern wohnte.

Zu meinem Schreck arbeitete vor seinem Elternhaus ein Mann im Garten, der, der Ähnlichkeit nach zu urteilen, sein Vater sein musste. Er sah kurz auf, nickte mir zu, wie man einer unbekannten Passantin zunickt, und widmete sich dann wieder seiner Arbeit.

Ich hatte nicht das Gefühl, dass er mich als Jonas' Lehrerin einordnen konnte, aber wie auch? Meines Wissens waren wir uns nie begegnet. Selbst beim Abiball waren Jonas' Eltern nicht anwesend gewesen, da sie, so Originalton Jonas, irgendwo in der Welt herumreisen mussten.

Da ich nicht wagte, Jonas' Vater anzusprechen, schlenderte ich langsam weiter und versuchte mich dabei unauffällig umzusehen.

In der Garagenauffahrt parkte ein großer, schwarzer Mercedes neben einem etwas kleineren blauen Audi, aber von Jonas' Motorrad fehlte jede Spur. Und nun? Was sollte ich tun? Ich tat das Nächstliegende und ging einfach vorbei.

Unverrichteter Dinge kehrte ich wieder nach Hause zurück und lief dann, unruhig wie ein Tiger im Käfig, in meiner Wohnung umher, das Telefon dabei nicht aus den Augen lassend.

Ich schimpfte mich einen Feigling, weil ich nicht gewagt hatte, Jonas' Vater nach seinem Sohn zu fragen. Und einen Dummkopf, weil ich es nicht mal fertiggebracht hatte, mit dem Mann ein unverfängliches Gespräch anzufangen. Dabei wäre es doch ein Leichtes gewesen, sich als Jonas' Lehrerin vorzustellen und einfach nach meinem Schüler, oder besser gesagt, ehemaligen Schüler, zu fragen.

Ich entschied, für den Fall, dass Jonas sich auch heute nicht bei mir melden würde, es morgen erneut bei seinen Eltern zu versuchen.
Wieder wartete ich den ganzen Tag und die ganze Nacht, ohne ein Lebenszeichen von ihm zu erhalten.

5. Kapitel

Am nächsten Morgen stand ich viel zu früh auf und lief dann unruhig hin und her, bis endlich die Zeit gekommen war, zu der man fremden Menschen einen Besuch abstatten konnte. Dieses Mal hatte ich mir sogar einen Plan zurechtgelegt. Mit einem Buch über Kunstgeschichte in der Hand zog ich los. Heute war niemand im Vorgarten, was ich jetzt allerdings bedauerte. Es wäre für mich viel einfacher gewesen, sich über den Zaun zu unterhalten, als an der Haustür klingeln zu müssen. Aber diese Chance hatte ich gestern vertan.

Ich zitterte vor Aufregung, als ich mit schweißnassen Händen das schmiedeeiserne Tor öffnete. Sollte ich doch umkehren? Noch hatte mich wahrscheinlich niemand gesehen.

Nein!, rief ich mich selbst zur Ordnung. Heute würde ich nicht kneifen. Ich musste Jonas sehen oder wenigstens wissen, was mit ihm los war.

Trotzdem fühlte ich mich wie ein Eindringling, als ich den Weg zum Haus entlang ging. Mein Kopf schwirrte vor lauter Gedanken und Fragen. Würde ich gleich Jonas begegnen? Und wenn ja, wie würde er auf mein Erscheinen reagieren, wie erklären, warum er sich nicht meldete? Oder würde ich in wenigen Sekunden Jonas' Eltern gegenüber stehen? Was würden sie zu meinen unangemeldeten Besuch sagen und was musste ich von ihnen erfahren? Dass Jonas krank, verunglückt oder gar Schlimmeres war?

Mir wurde ganz schwindelig bei dieser Vorstellung und ich brauchte meine ganze Kraft, um die Treppe hinaufzusteigen, und auf den Klingelknopf zu drücken.

Doch nicht nur meine eigenen Gedanken machten mir Angst, auch dieses große, moderne Haus, das gepflegte Grundstück und die ganze luxuriöse Umgebung flößten mir Respekt ein. In dieser Gegend lebte der bessere Teil der Gesellschaft, Menschen, die sich um Geld keine Sorgen zu machen brauchten und sich ihres besonderen Status bewusst waren. Und ich wusste, dass ich, obwohl ich als Lehrerin ganz gut verdiente, nicht zu ihnen gehörte und auch nie gehören würde. Als ich schon dachte, dass niemand zu Hause wäre und gerade umkehren wollte, öffnete sich die Tür, und eine perfekt gestylte, blonde Dame stand vor mir:

„Ja bitte, Sie wünschen?" Sie klang gereizt und wirkte sehr distanziert.

„Guten Tag", murmelte ich schüchtern und wagte kaum, sie anzuschauen. Aber dann besann ich mich und riss mich zusammen. Ich war doch kein Kleinkind mehr, also brauchte ich mich auch nicht wie eines zu benehmen. Ich richtete mich gerade auf und sah der Dame direkt in die Augen: „Entschuldigen Sie bitte die Störung. Ist Jonas da?"

Ein kritischer Blick, der mich von oben bis unten musterte, ließ mein gerade wiedergewonnenes Selbstvertrauen, wie Butter in der Sonne schmelzen.

„Und Sie sind bitte?", kam es alles andere als freundlich zurück.

„Entschuldigung", murmelte ich. Oh nein, schon wieder entschuldigte ich mich, aber diese Frau schüchterte mich irgendwie ein.

„Ich bin Frau Eislinger, Jonas' Kunstlehrerin. Ich wollte ihm ein Buch zurückbringen, das er mir geborgt hat."

Das war zwar schlechtweg gelogen, aber irgendeinen Vorwand brauchte ich ja, um hier aufzutauchen. Ich war fest davon überzeugt, dass mir diese Frau jetzt erzählen würde, dass Jonas krank sei und ich hoffte inständig, dass es nichts Schlimmes war und sich all meine Befürchtungen gleich in Luft auflösen würden, aber stattdessen entgegnete sie, jetzt ein klein wenig netter:

„Das tut mir leid, aber Jonas ist nicht da. Wenn Sie wollen, kann ich aber das Buch für ihn in Empfang nehmen."

Das Buch interessierte mich gerade herzlich wenig, zumal es sowieso mir gehörte.

„Aber wo ist er denn?", fragte ich befangen und errötete, mich sowohl meiner Neugier, als auch meiner nicht zu übersehbaren Verlegenheit schämend.

Einen Moment zögerte die Frau und dachte wohl, dass mich das eigentlich nichts anginge, aber dann besann sie sich und antwortete mir doch noch:

„Jonas ist in München. Sicher wissen Sie ja, dass er dort sein Architekturstudium beginnen wird. Er ist vor ein paar Tagen losgefahren, um sich eine Wohnung zu suchen und noch einige andere Dinge zu regeln."

München? Vor ein paar Tagen? Ich verstand die Welt nicht mehr. Das war bestimmt alles ein riesiger Irrtum.

So verwirrt wie ich gerade war, klangen auch meine Fragen:

„Sind Sie sicher? Ich meine, dass er in München ist? Ist er mit dem Motorrad gefahren? Wissen Sie denn überhaupt, ob er gut angekommen ist? Vielleicht ist ihm etwas passiert?"

Die Frau sah mich an, als wäre ich nicht ganz bei Trost. Und irgendwie entsprach diese Einschätzung ja auch der Realität. Mir schwirrte der Kopf. Abwechselnd wurde mir heiß und kalt, und ich spürte, wie mir der Schweiß ausbrach.

Es hätte mich nicht gewundert, wenn Jonas' Mutter mir in diesem Moment einfach die Tür vor der Nase zugemacht hätte. Aber erstaunlicherweise war sie sogar zu so etwas wie Mitgefühl fähig:

„Geht es Ihnen nicht gut? Möchten Sie ein Glas Wasser?

Ich schüttelte den Kopf. Ich möchte Jonas sehen, schrie es innerlich in mir, und als hätte seine Mutter meinen stillen Schrei gehört, ließ sie sich dazu herab, meine konfusen, viel zu aufdringlichen Fragen zu beantworten:

„Natürlich bin ich mir sicher, wo mein Sohn sich aufhält. Wir haben gerade gestern Abend telefoniert. Er ist vorerst in einer

WG untergekommen. Sie müssen sich also keine Sorgen machen."

Den letzten Satz sagte sie mit einem ganz seltsamen Blick, und ich spürte, wie mir zu allem Übel, erneut das Blut ins Gesicht stieg und ich feuerrot anlief.

Woher ich trotzdem noch den Mut nahm, eine letzte Frage an Jonas' Mutter zu richten, wusste ich selbst nicht.

„Wann kommt er denn wieder?" Ich merkte selbst, wie verzweifelt ich klang.

Jetzt war sie wieder ganz die abweisende Dame, die mir vor ein paar Minuten die Tür geöffnet hatte, und meinte kühl:

„Wir rechnen nicht vor den nächsten Semesterferien mit ihm."

Ungläubig schaute ich sie an. Die nächsten Semesterferien? Aber bis dahin sind es doch noch mehrere Monate, hätte ich am liebsten gerufen.

Ich bedankte mich geistesabwesend, drehte mich um und ging die Treppe hinunter. Dabei vergaß ich ganz, ihr das Buch auszuhändigen, das mir als Ausrede gedient hatte. Aber egal, an meinem Auftritt hier war sowieso nichts mehr zu retten.

Während ich den Gartenweg entlang ging, meinte ich ihren misstrauischen Blick, in meinem Rücken zu spüren.

Auf dem Weg nach Hause fühlte ich mich wie in Trance. So als wäre alles hinter einer Nebelwand verborgen, wirkten alle Geräusche, Bilder, ja sogar meine Gedanken und Gefühle, seltsam gedämpft. Vielleicht war das auch nur ein Schutzmechanismus meiner Seele, der dazu diente, mir die Zeit zu geben, das eben Gehörte zu verstehen und die damit einhergehende Wahrheit zu akzeptieren. Aber so weit war ich noch lange nicht.

Zu Hause fiel ich auf mein Bett und schlief bis zum Abend durch. Als ich erwachte, fühlte ich mich, als hätte mich eine Grippe erwischt. Völlig schlapp, mit Kopf- und Gliederschmerzen, lag ich da, und wünschte mir nichts als Ruhe. Aber meine Gedanken kehrten sofort zu der morgendlichen Begegnung mit Jonas' Mutter zurück. Jonas in München? Warum hatte er mir gegenüber seine Absicht, dort studieren zu wollen, nie erwähnt? Ich wusste, dass er sich an verschiedenen Unis beworben hatte, war aber immer der felsenfesten Meinung gewesen, dass er jetzt, da er mit mir zusammen war, hier in der Nähe studieren würde. Das hatte er ja auch immer behauptet und von einer gemeinsamen Wohnung mit mir geträumt.

Hatte Jonas mir etwa die ganze Zeit etwas vorgemacht? Oder hatte er seine Pläne kurzfristig geändert? Aber warum konnte er mich dann nicht wenigstens vor seiner Abreise anrufen? Warum war er ohne ein Wort des Abschieds gegangen? Hatte er unsere Beziehung etwa aufgegeben? Liebte er mich nicht mehr?

All diese Fragen machten mich ganz verrückt. Das konnte doch alles gar nicht sein. Vielleicht hatte mir seine Mutter ja nur etwas vorgemacht, um mich schnell wieder loszuwerden? Ich durfte gar nicht daran denken, dass diese hochnäsige Dame eines Tages meine Schwiegermutter sein würde.

Was für ein abwegiger Gedanke das war, wurde mir gleich im nächsten Moment klar. Darüber, ob ich mit Jonas' Mutter auskommen würde, brauchte ich mir nun gerade wirklich keine Gedanken zu machen, sondern vielmehr über die Tatsache, dass Jonas, so wie es aussah, ohne ein Wort des Abschieds, verschwunden war.

Okay, unsere Beziehung stand von Anfang an unter keinem guten Stern, ich als Lehrerin und er als mein Schüler, zudem noch mit einem nicht unerheblichen Altersunterschied, aber er war es doch immer gewesen, der an uns glaubte und mir Mut machte. Unser Traum von einer glücklichen Beziehung durfte doch nicht jetzt, wo uns alle Möglichkeiten offen standen, einfach so platzen.

Ich weinte, bis ich keine Tränen mehr besaß. Dann lag ich lange einfach nur da und starrte vor mich hin. Doch irgendwann kehrte, wie aus dem Nichts, ein Fünkchen Hoffnung zurück. Ich konnte und wollte Jonas nicht aufgeben. Das war alles bestimmt nur ein riesiges Missverständnis. Wieder versuchte ich, ihn auf seinem Handy zu erreichen, aber inzwischen sprang nicht einmal mehr die Mailbox an. Auch all meine Nachrichten blieben unbeantwortet. Ich überlegte, ob ich nochmal seine Mutter kontaktieren sollte, um nach seiner Adresse in München zu fragen, aber wie sollte ich ihr mein Anliegen erklären? Ich konnte ja schlecht behaupten, ihm sein Buch schicken zu wollen. Oder doch?

Wenn ich nur mit ihm sprechen könnte, dann würde sich alles klären, sagte ich mir immer wieder. Aber die Tage vergingen, ohne dass ich eine Lösung fand, wie ich Jonas erreichen konnte.

Dann lag eines Morgens ein Briefumschlag in meinem Postkasten. Ich erkannte Jonas' vertraute Handschrift sofort und mein Herz begann vor Aufregung zu klopfen.

Obwohl ich den Umschlag am liebsten gleich aufgerissen hätte, wagte ich ihn erst zu öffnen, als ich wieder im Haus war und damit vor neugierigen Blicken sicher.

„Hallo Katja, ich habe gehört, dass Du bei meiner Mutter warst", stand auf dem weißen, schmucklosen Blatt. „Bitte komm nicht mehr dorthin. Ich wohne jetzt in München. Es tut mir leid, dass Du es auf diesem Wege erfährst, aber es ist vorbei mit uns. Ich muss neu anfangen. Versteh das bitte! J."

Ich starrte lange auf seine Zeilen, unfähig den Brief aus den Händen zu legen. Das war nun also Jonas' letzter Gruß an mich. Nein, kein Gruß, ein Abschied!

In dieser Situation wäre es wahrscheinlich normal gewesen, wenn ich geweint oder geschrien hätte, aber seltsamerweise blieb ich ruhig. Denn auch wenn ich mich die ganze Zeit gegen die Erkenntnis gesträubt hatte, dass es mit Jonas aus war, so musste doch ein Teil von mir die Realität längst erkannt haben, denn seine Worte überraschten mich nicht.

Nun besaß ich es also sogar schriftlich: Jonas wollte mich nicht mehr! Es war vorbei!

Wieder und wieder las ich seine Sätze, bis ich jedes Wort auswendig kannte.

„DU musst neu anfangen?", flüsterte ich. „Und ich? Was ist mit mir? Wir wollten doch zusammen neu beginnen. Was soll ich denn jetzt machen ohne Dich?" Und dann brach ich doch noch schluchzend zusammen.

Es war mein Glück, dass gerade Ferien waren und ich in dieser Zeit nichts weiter zu tun hatte, als irgendwie mit meinem Schmerz und meiner Verzweiflung klar zu kommen. Eine Aufgabe, die mich so sehr forderte, dass für nichts anderes Raum gewesen wäre.

Ich verließ das Haus nur, wenn es unbedingt nötig war. Ansonsten lag ich die meiste Zeit im Bett oder auf dem Sofa, weinte, grübelte, las Jonas' alte Nachrichten auf meinem Handy oder betrachtete die wenigen Fotos, die ich von ihm gemacht hatte.

Dann träumte ich davon, was alles hätte sein können und malte mir eine rosige Zukunft mit ihm aus. Nur um mir anschließend das Gehirn zu zermartern, was denn nur schief gelaufen war und was ich anders hätte machen können. Manchmal wurde ich auch richtig wütend auf ihn. Wie konnte er mich einfach so allein lassen?

Aber meistens gab ich mir selbst die Schuld an allem. Ich war die Ältere und hatte als Lehrerin Verantwortung zu übernehmen. Ich hätte mich auf gar keinen Fall auf einen Schüler einlassen dürfen. Und als ich das schon nicht hinbekam, weil ich mich gegen meinen Willen in Jonas verliebte, hätte ich wenigstens ehrlich sein müssen, anstatt aller Welt und mir selbst etwas vorzumachen. Sicher wäre Jonas dann jetzt noch bei mir.

Aber inmitten dieser Selbstvorwürfe kam mir ein anderer schmerzhafter Gedanke: War etwa alles nur eine Lüge? War das, was ich für Liebe hielt, für Jonas nichts weiter als eine kurze Affäre. Gab es ihm vielleicht sogar einen Kick, seine Lehrerin zu verführen?

Nein, das passte nicht zu dem Jonas, den ich kennengelernt hatte, versuchte ich, mich zu beruhigen. Gleich hielt mein Verstand aber dagegen, dass sein Verhalten in unserer letzten Nacht auch nicht zu dem Jonas passte, in den ich mich in den Wochen davor verliebt hatte. Und seine Flucht, ohne ein Wort des Abschieds, erst recht nicht.

Ich wusste nicht mehr, was ich denken oder glauben sollte. Ich fühlte mich wie in einem Alptraum aus Traurigkeit, Verzweiflung und Verständnislosigkeit gefangen und hatte keine Ahnung, wie ich je wieder daraus erwachen sollte.

Wenn ich nachts im Bett lag und vor Sehnsucht nach ihm fast verrückt wurde, überlegte ich, ob ich mich am Morgen nicht einfach in den Zug setzen und nach München fahren sollte. Ich wollte ihn suchen, mit ihm reden, ihm sagen, dass ich ihn liebte und es mir jetzt egal war, was andere dazu sagen würden.

Aber letztlich hielt mich mein Stolz davon ab, einem Mann hinterherzurennen. Ich musste mich wohl endlich damit abfinden, dass ich in der Liebe kein Glück hatte. Vor gut einem Jahr die unschöne Trennung von meinem ersten Lebensgefährten, der mich nicht gehen lassen wollte und mir wochenlang hinterher spionierte, nun die unerfüllte Liebe zu einem jüngeren Mann, der noch dazu mein Schüler gewesen war.

Wie hatte es überhaupt soweit kommen können? Undenkbar, wie meine Kollegen und die Nachbarn reagieren würden, wenn sie davon erfuhren. Waren mir ihre Kommentare und missbilligenden Blicke wirklich egal?, fragte ich mich. Oder war es vielleicht sogar auch im Nachhinein noch strafbar, etwas mit einem Schüler anzufangen, so ähnlich wie das bei Psychologen nach Abschluss einer Therapie der Fall war? Zumindest hatte mir das damals der Psychologe erzählt, bei dem ich nach meiner ersten Trennung Hilfe suchte. Aber vielleicht war es auch nur seine Ausrede gewesen, um meine Einladung zum Kaffee, die wirklich nur als Dankeschön für seine Unterstützung gemeint war, mit gutem Gewissen ablehnen zu können. Aber das war nun sowieso egal. Ich hatte zwar kurzzeitig überlegt, ob ich diesen Psychologen auch in meiner jetzigen Situation wieder kontaktieren sollte, mich aber letztlich dagegen entschieden. Mal abgesehen davon, dass mir der Weg in meine alte Stadt zu weit war und ich keine Lust verspürte, dort früheren Bekannten zu begegnen, war ich auch nicht bereit, meine Erinnerungen an Jonas mit irgendjemanden zu teilen. Meine Liebe zu Jonas war mein Geheimnis und so sollte es auch bleiben.

Es gelang mir, auch ohne fremde Hilfe, die Ferien zu überstehen, ohne vollständig in einer Depression zu versinken. Als die Schule wieder anfing, war ich fast erleichtert. Ich hoffte inständig, dass mich meine Arbeit auf andere Gedanken bringen würde. Aber ich hatte nicht mit der Kraft der Erinnerung gerechnet, denn jetzt wurde es nur noch schlimmer. Ständig dachte ich, im Schulgebäude oder auf dem Hof, Jonas gesehen zu haben, und war, sobald ich meinen Irrtum bemerkte, tief enttäuscht. Am schlimmsten war es allerdings im Kunstraum. Immer wieder schaute ich zu seinem Platz, auf dem nun ein anderer Schüler oder eine andere Schülerin saß, und musste dann jedes Mal mit den Tränen kämpfen.
Mein Beruf, den ich zuvor so liebte, wurde mir zur Qual. Ich meinte, jeder würde mir meinen Liebeskummer ansehen oder von mir und Jonas wissen.

So zog ich mich immer mehr von meinen Kollegen zurück, wurde stiller und abweisender.

Natürlich wirkte sich mein Verhalten auch darauf aus, wie die anderen mir entgegentraten. Der Direktor schaute mich von Tag zu Tag skeptischer an und mir war, als ob mir die Kollegen aus dem Weg gingen und hinter meinem Rücken über mich tuschelten. Sie wissen es, dachte ich dann immer sofort erschrocken.

Dass es vielleicht nur mein komisches Verhalten war, dass sie stutzig machte, darauf kam ich damals gar nicht. Ich fühlte mich während dieser Zeit so seltsam zerrissen. Einerseits wollte ich am liebsten alle Erinnerung an Jonas hinter mir lassen, um endlich wieder mein Leben auf die Reihe zu bekommen und in der Schule so ungezwungen auftreten zu können, wie vor unserer geheimen Beziehung. Andererseits hoffte ich immer noch auf ein klärendes Gespräch mit Jonas und dass danach zwischen uns wieder alles im Reinen wäre. Ich überlegte sogar, dann zu ihm nach München zu ziehen, um dort, wo uns niemand kannte, gemeinsam neu anzufangen.

Dass ich nichts mehr von ihm hörte, verdrängte ich dabei genauso, wie die Tatsache, dass er sich in seinem Brief von mir getrennt hatte.

Als an den Hochschulen und Universitäten die Semesterferien begannen, machte ich, entgegen meiner sonstigen Gewohnheit, lange Spaziergänge durch die Stadt, die mich ganz zufällig auch immer an Jonas' Elternhaus vorbei führten. Ich hoffte inständig, dass Jonas in den Ferien seine Eltern besuchen würde, so wie es seine Mutter damals angedeutet hatte.

Aber entweder war er gar nicht nach Hause gekommen oder ich hatte einfach kein Glück und war immer zur falschen Zeit am falschen Ort. Denn immer wenn ich vorbei kam, lag sein

Elternhaus wie verlassen da. Nur einmal sah ich von weitem seine Eltern ins Auto steigen.

Die beiden waren ein schönes Paar und wirkten irgendwie so besonders. Jonas' Mutter in einem knallengen, weißen Hosenanzug, die blonden Haare hoch toupiert, hätte auch gut und gerne gerade aus Hollywood kommen können, und sein Vater, in seinem gesteiften Anzug, mit Hut und Sonnenbrille, stand ihr in nichts nach. Das perfekte Paar, wie aus einer anderen Welt entsprungen.

Natürlich wagte ich nicht, sie anzusprechen, und versteckte mich rasch hinter einer Hecke.

Das wären deine Schwiegereltern geworden, dachte ich und fühlte mich wieder mal wie ein kleines, graues Mäuschen. Und da wurde mir plötzlich klar, dass das Gerede von Kollegen und Nachbarn das kleinere Problem gewesen wäre, wenn ich mit Jonas zusammengeblieben wäre. Das weitaus größere hätten seine Eltern dargestellt, die, und da war ich mir sicher, mich nie und nimmer, als die Frau an der Seite ihres Sohnes akzeptiert hätten.

Jonas, attraktiv und intelligent, stand die ganze Welt offen. Er würde Karriere machen, eine tolle Frau heiraten, eine Familie gründen und genauso ein perfektes Leben führen, wie seine Eltern es taten.

Ich dagegen war nicht nur seine Lehrerin gewesen, sondern auch etliche Jahre älter als er. Ich stammte aus einem einfachen, dafür aber umso strengeren Elternhaus, das mir mit seinen vielen Regeln und engen Moralvorstellungen die Luft zum Atmen genommen hatte, bis ich mich endlich daraus befreien konnte. Zwischen meinen und Jonas' Eltern lagen Welten, ebenso wie zwischen mir und ihm.

Und trotzdem hatte er mich geliebt! Obwohl ich weder reich, noch außergewöhnlich intelligent oder atemberaubend schön war.

Nach diesem Gedanken ging es mir besser, zumindest so lange, bis mir bewusst wurde, dass ich nur eine Episode in seinem Leben gewesen war, die jetzt vorbei war.

Und ich konnte nichts dagegen tun. Im Gegenteil, ich musste mir sogar eingestehen, dass Jonas ohne mich besser dran war. Er war noch so jung, ich kam mir dagegen so alt und erfahren vor, auch wenn ich auf einige meiner Erfahrungen nur zu gerne verzichtet hätte.

„Wenn du jemanden liebst, so lasse ihn los", hatte ich einmal auf einer Postkarte gelesen.

Ja, ich liebte Jonas, immer noch, aber es war an der Zeit ihn loszulassen. Auch wenn ich noch nicht genau wusste, wie mir das gelingen sollte, besaß ich gar keine andere Wahl, wollte ich nicht an dieser Geschichte zerbrechen.

Und plötzlich erinnerte ich mich auch, wie der Spruch auf der Karte weiter gegangen war:

„Gehört er zu dir, kommt er zu dir zurück."

Nein, Jonas gehörte nicht zu mir. Nicht mehr! Oder vielleicht tat er es auch nie wirklich und ich machte mir die ganze Zeit nur etwas vor. Und deshalb würde er auch nie wieder zu mir zurückkehren. Wahrscheinlich würde er bald ein Mädchen in seinem Alter kennenlernen, sich verlieben und mit ihr glücklich werden. Ich durfte ihm dabei nicht im Weg stehen und ich konnte es ja auch gar nicht.

Ich seufzte. Ab jetzt würde ich meinen Weg eben wieder allein gehen, egal wie viel Kraft mich das auch kosten würde. Von der Liebe hatte ich ein für alle Mal genug!

Schnell blinzelte ich die bei diesem Gedanken verräterisch aufsteigenden Tränen fort.

Zu Hause löschte ich alle Nachrichten und Fotos von Jonas auf meinem Handy und beseitigte seine Spuren in meinem Haus. Viele waren es ohnehin nicht, seine Zahnbürste, ein vergessenes T-Shirt, ein paar getrocknete Blumen, die er mir mal schenkte und eine CD mit selbst zusammengestellter

Musik, die wir, wenn er nachts bei mir gewesen war, oft gehört hatten.

Danach war es, als hätte es Jonas nie in meinem Leben gegeben. Wenn da bloß nicht meine Erinnerungen gewesen wären.

Irgendwie überstand ich das folgende Schuljahr mit seinen unzählig vielen Tage ohne Jonas, von denen es keinen gab, an dem ich nicht sehnsüchtig an ihn dachte.

Aber ich musste inzwischen auch eingesehen, dass er mit seiner Aussage, ich würde immer seine Lehrerin bleiben, recht gehabt hatte. Nie hätte ich den Mut gefunden, mich gegen Klatsch und Tratsch zu behaupten oder wegen unserer Beziehung vielleicht sogar meinen Job zu riskieren.

Aber da an jeder Ecke die Erinnerungen an Jonas lauerten, war es mir auch unmöglich, ihn hier zu vergessen.

Deshalb stellte ich zum Schuljahresende einen Antrag auf Versetzung an eine andere Schule. Eine Entscheidung, bei der mir meine Kollegen und der Direktor keine Steine in den Weg legten. Kein Wunder, unser Verhältnis hatte sich in den letzten Monaten merklich abgekühlt, was wohl hauptsächlich mein Verschulden war, denn aus mir war eine traurige Eigenbrötlerin geworden. Ich war ständig in Gedanken versunken und so mit mir selbst beschäftigt gewesen, dass ich die Belange anderer Menschen kaum wahrgenommen hatte.

Ich wollte nur weg hier, wo mich alles an Jonas erinnerte und ich vor Liebeskummer noch verrückt werden würde. In einer neuen Umgebung, so hoffte ich, würde es mir leichter fallen, ihn zu vergessen und nochmal von vorne anzufangen. Eine neue Schule, eine neue Stadt, eine neue Chance, wieder einmal.

Aber nie wieder, das schwor ich mir, würde ich mich in einen meiner Schüler verlieben!

6. Kapitel

An diesen Schwur habe ich mich gehalten, doch stattdessen verliebte ich mich, obwohl ich eigentlich von der Liebe die Nase voll gehabt hatte, in einen Lehrer. Auch wenn ich das anfangs selbst kaum bemerkte.

Nathan Becker war in jeder Hinsicht das genaue Gegenteil von Jonas. Gerade mal so groß wie ich, kräftig gebaut, mit kurzen graublonden Haaren, Schnurrbart und Brille, war er nicht unbedingt der Mann, der einem auf den ersten Blick auffiel. Zumal er auch noch elf Jahre älter war als ich, und damit keineswegs meiner Zielgruppe entsprochen hätte, wäre ich denn auf der Suche gewesen. Aber erstens war ich das nicht und zweitens war ich ganz selbstverständlich davon ausgegangen, dass dieser Mann in festen Händen war. Er war einfach der Typ für eine Beziehung oder Ehe, und wirkte auf mich überhaupt nicht wie ein Junggeselle.

Wenn es etwas Bemerkenswertes an ihm gab, dann waren es seine warmen, braunen Augen und sein verschmitztes Lächeln, das ihm augenblicklich einen jugendlichen Charme verlieh. Aber das fiel mir erst auf, als ich endlich nicht mehr nur mit mir und meinem Kummer beschäftigt war.

Nathan war Geschichtslehrer am Erich-Kästner-Gymnasium, einem modernen und schicken Neubau, so ganz anders als die altehrwürdige Schule, an der ich zuvor gearbeitet hatte. Er war mein unmittelbarer Fachkollege und seine umgängliche, lockere Art war mir gerade in der Anfangszeit eine große Hilfe.

In den ersten Wochen sprachen wir allerdings kaum ein privates Wort.

Wir redeten über unsere Unterrichtsvorbereitungen und die Schule, übers Wetter oder maximal mal über einen Film, den wir zufällig beide im Fernsehen gesehen hatten.

71

Irgendwann lud er mich dann zum ersten Mal ins Kino ein. Wahrscheinlich hätte ich abgelehnt, ich legte in meiner Freizeit keinen Wert auf männliche Gesellschaft, aber Nathan war so geschickt gewesen, den historischen Spielfilm als lohnenden Unterrichtsstoff anzupreisen. Also hatte ich ihn begleitet und einen vergnüglichen Nachmittag bei Popcorn und Cola mit ihm verbracht. Wir hatten das Kino fast für uns allein gehabt und Nathans lustige Kommentare machten den langatmigen Historienschinken einigermaßen erträglich. Aber unseren Schülern, so waren wir uns anschließend einig, würden wir diesen langweiligen Streifen nicht zumuten.

Beim nächsten Mal schleppte er mich zu irgendeiner archäologischen Ausgrabungsstätte und malte mir mit seiner blühenden Fantasie und einer großen Portion Humor aus, wie die Menschen damals hier gelebt haben mussten.

Ich hatte mich köstlich amüsiert, und als er mich anschließend noch zum Kaffee einlud, stimmte ich, ohne groß nachzudenken, zu. Was war auch schon dabei? Auf mich wartete doch niemand.

Auch danach verpackte er alle seine Vorschläge für irgendwelche Freizeitaktivitäten immer so geschickt, dass ich lange der Meinung war, wir trafen uns wirklich nur aus beruflichen Gründen. Aber ich spürte schon zu dieser Zeit, wie gut mir Nathans Gesellschaft tat. Wir konnten stundenlang miteinander reden, auch wenn es dabei meistens um Geschichte und unseren Unterricht ging. Er brachte mich mit seinem trockenen Humor so manches Mal zum Lachen und war doch gleichzeitig ein ernsthafter Mensch, der mir mit seiner ganzen Art ein Gefühl von Beständigkeit und Sicherheit vermittelte. Was wahrscheinlich daran lag, dass er mich und meine Bedürfnisse ernst nahm. Nicht ein einziges Mal enttäuschte oder versetzte er mich, nein, er war die Pünktlichkeit und Zuverlässigkeit in Person.

Ich fing an, ihm zu vertrauen, und wurde offener ihm gegenüber. Manchmal ertappte ich mich auch bei dem Gedanken, dass es schön wäre, einen Mann wie ihn an der Seite zu haben, auf den man sich bedingungslos verlassen konnte. Aber dann sagte ich mir wieder, dass ich ja genug von den Männern hatte und auf eine erneute Enttäuschung gut verzichten konnte.

Warum es trotzdem mit uns beiden geklappt hat und ich mich letztendlich auf ihn eingelassen habe, ich weiß es selbst nicht genau. Ein Grund war sicher, dass er so ganz anders als Jonas war. Der andere, dass eine meiner neuen Kolleginnen mir erzählte, dass sie gar nicht verstehen könne, warum der Herr Becker, der ja so ein sympathischer Mann sei, keine Partnerin hätte.

Ich war nicht nur überrascht, ich glaube, ab diesem Moment habe ich auch seine Bemühungen, Zeit mit mir zu verbringen, mit anderen Augen gesehen. Jetzt endlich bemerkte ich die Blicke, mit denen er mich oft viel zu lange und intensiv ansah, nahm die, wie zufällig wirkenden, leichten Berührungen wahr, spürte in manchen Momenten seine Unsicherheit und Verlegenheit, die so gar nicht zu seinem sonst so souveränen Auftreten passen wollten.

Als ich ihn eines Tages fragte, ob er am Abend Lust und Zeit habe, mich ins Theater zu begleiten, und mit schelmischem Lächeln hinzufügte, dass es sich allerdings um kein Stück handeln würde, dass sich für den Unterricht eigne, lachte er erleichtert. Ja, er hatte Lust, und wie sich später herausstellte, nicht nur auf das Kulturprogramm.

Nun war das Eis zwischen uns gebrochen. Er begleitete mich nach dem Theater nach Hause und vor meiner Haustür küsste er mich zum ersten Mal.

Als ich ihn dann fragte, ob er auf ein Glas Wein mit hinauf kommen wolle, stimmte er zu. Und blieb bis zum nächsten Morgen!

Von da an waren wir ein Paar. Ich war froh, nicht mehr allein zu sein. Unser Zusammensein fühlte sich für mich so richtig an, alles war so unaufgeregt, wie selbstverständlich. Nicht so anstrengend und kompliziert, wie ich es aus der Vergangenheit kannte.

Nathan und ich verstanden uns auch in Alltagsdingen ohne viele Worte, so als wären wir schon lange zusammen. Wir besaßen den selben Geschmack in Kleidungs- und Einrichtungsdingen, hörten ähnliche Musik, mochten in dieselben Städte und Länder reisen, interessierten uns beide für Geschichte, und waren uns auch in vielen anderen Dingen einig. Endlich hatte ich das Gefühl, angekommen zu sein! Endlich fühlte ich mich geborgen!

Nathan machte auch in der Schule aus unserer Beziehung kein Hehl und ich merkte, dass mir viele Kollegen jetzt mehr Aufmerksamkeit entgegenbrachten, als das zuvor der Fall gewesen war. Nathan war ein beliebter und angesehener Kollege, der schon seit Jahren an dieser Schule unterrichtete. Hatte er sich für mich entschieden, so wohl die landläufige Meinung der Kollegen, dann musste ich in Ordnung sein. Und so übertrugen sie ihre Sympathie für Nathan auch auf mich. Mir tat es unheimlich gut, jetzt richtig dazuzugehören und nicht mehr nur die Neue zu sein. Endlich kehrte auch meine Freude an der Arbeit, die bei all meinen Problemen in den Hintergrund getreten war, zurück. Und dieses Mal gab es ja zum Glück auch nichts zu verbergen. Nathan und ich waren zwei erwachsene Menschen, die tun und lassen konnten, was sie wollten.

Als mich Nathan ein paar Wochen später seinen Eltern vorstellte und ich von diesen fast wie eine Tochter begrüßt wurde, wusste ich, dass diese Beziehung eine wirkliche Zukunft haben konnte.

Ganz anderes als bei Jonas, waren Nathans Eltern unkomplizierte, freundliche Leute. Seine Mutter war Deutschlehrerin, darum wohl der ungewöhnliche Name ihres Sohnes, und sein Vater ein Verwaltungsbeamter in leitender Stellung. Beide freuten sich, wie sie sagten, ihren einzigen Sohn, bei dem sie die Hoffnung auf eine eigene Familie schon beinahe aufgegeben hatten, endlich in festen Händen zu sehen. Eine eigene Familie? Ja, warum eigentlich nicht, überlegte ich. Nathan war zwar elf Jahre älter als ich, aber das war mir egal. Außerdem war er ja immer noch im besten Alter, um Vater zu werden. In der heutigen Zeit bekamen viele Paare erst spät Kinder. Und ich selbst war doch eigentlich genau im richtigen Alter für eine Schwangerschaft.

Als ich mir meiner Überlegungen bewusst wurde, wunderte ich mich selbst über meine Gedanken. Wir waren doch gerade mal ein paar Wochen zusammen?

Trotzdem zögerte ich keine Sekunde, als Nathan mich nur zwei Monate später fragte, ob ich ihn heiraten wolle.

Ja, ja, ja, ich wollte! Endlich meinte es die Liebe auch mal gut mit mir und dieses Mal würde ich alles richtig machen, damit es auch so bliebe!

Aber es gab auch immer noch Momente, in denen ich an Jonas dachte. Und dann verglich ich ihn unweigerlich mit Nathan. Ich wusste selbst, wie unfair das meinem zukünftigen Mann gegenüber war, aber ich suchte dann regelrecht das Haar in der Suppe in unserer Beziehung. Plötzlich war mir Nathans Heiratsantrag nicht romantisch genug. Oder ich bemängelte seine fehlende Spontanität. Oder mir fiel sonst etwas ein, das bei ihm angeblich nicht stimmte.

Zum Glück kam ich immer schnell wieder zur Besinnung. Okay, Nathan war vielleicht kein Romantiker, aber ich war hier ja auch nicht im Kitschroman. An seinem Antrag hatte es nichts auszusetzen gegeben, und was viel wichtiger war, an seinen ehrlichen Absichten erst recht nicht. Auf Nathan konnte ich mich bedingungslos verlassen. Nie im Leben würde er mich einfach so sitzen lassen, wie Jonas es getan hatte. Nathan liebte mich und ich liebte ihn! Und wir würden miteinander glücklich werden!

Wir heirateten im ganz kleinen Kreis, nur wir beide, Nathans Eltern und sein bester Freund.

Nathan hatte immer wieder darauf gedrungen, dass auch ich meine Eltern einladen sollte, aber dazu war ich nicht bereit. Schon jahrelang hatten wir keinen Kontakt mehr. Sie nahmen es mir damals übel, dass ich mich für ein Lehramtsstudium entschied und nicht zu Hause blieb, um in der elterlichen Firma zu arbeiten.

Als er das nicht als Grund gelten ließ und meinte, dass es dann gerade Zeit wäre, endlich wieder zueinanderzufinden, vertraute ich ihm zögernd an, was ich bisher noch nie jemanden, nicht einmal Jonas, erzählt hatte:

Meine Eltern waren nicht meine leiblichen Eltern. Im Alter von etwa zwei Jahren war ich zu meiner Adoptivfamilie gekommen. Meine richtigen Eltern waren nicht bekannt, so erzählte man mir jedenfalls, als ich alt genug war, um Fragen stellen zu können. Leider konnten auch meine späteren Recherchen nichts über meine Wurzeln in Erfahrung bringen. Ich fand nur heraus, dass ich als Neugeborenes vor einer Klinik gefunden wurde und meine ersten beiden Lebensjahre in einem Kinderheim verbrachte. Bis ich von einem Ehepaar adoptiert worden war, das mich zwar versorgt, aber nicht geliebt hatte.

Sicher ging es auch schlimmer, sagte ich mir heute, und wahrscheinlich hatte ich sogar Glück gehabt, meine Kindheit und Jugend nicht im Heim verbringen zu müssen, aber ich hatte mich in meinem Zuhause nie wirklich heimisch gefühlt. Alles war dort so eng und erdrückend gewesen, die Strenge meiner Eltern, ihr Ansprüche und Verhaltensrichtlinien. Ich war mir immer irgendwie falsch und nicht dazugehörend vorgekommen, ohne anfangs zu wissen, warum das so war.

Als ich dann später von meiner Adoption erfuhr, kannte ich zwar einen Grund für mein scheinbares Anderssein, aber dafür belastete mich jetzt meine unbekannte Herkunft sehr. Was mochten das für Eltern sein, die ein hilfloses Baby einfach so aussetzten?, hatte ich mich oft gefragt. Inzwischen wusste ich, dass ich auf diese Frage aller Voraussicht nach nie eine Antwort finden würde und hatte mich damit abgefunden. Mit Hilfe des Psychologen, den ich damals nach meiner ersten Trennung regelmäßig besuchte, hatte ich meine Kindheit, so gut es ging, aufgearbeitet und wusste, dass in diesen ungeliebten Kindheitsjahren wohl der Grund für meine riesige Sehnsucht nach Liebe, Geborgenheit und einer richtigen Familie begründet lag, ebenso wie die übermächtige Angst vor Enttäuschung und erneutem Verlassenwerden. Kein Wunder also, dass mich die Trennung von Jonas damals so aus der Bahn geworfen hatte.

Nachdem ich Nathan von meiner Kindheit erzählt hatte, nahm er mich in den Arm und verlor nie wieder ein Wort über meine Eltern. Ich ahnte, dass er selbst gerne eine größere Hochzeit mit Nachbarn, Bekannten und Kollegen gefeiert hätte, war aber froh, dass er meinem Wunsch nach einer kleinen, bescheidenen Feier nachgekommen war.

Nun hieß ich Katja Becker und es erinnerte nicht einmal mehr mein Name an mein altes Leben, in dem so vieles falsch gelaufen war. Aber ab jetzt würde alles gut werden, das spürte ich. Und ich würde mir die größte Mühe geben, um Nathan glücklich zu machen.

Mein Mann hatte, bescheiden wie er war, in den letzten Jahren fleißig gespart, und ich besaß einen Bausparvertrag, der zuteilungsreif war. Die perfekte Grundlage, um sich etwas Eigenes zu kaufen, zumal wir beide gutes Geld verdienten.

Und so bezogen wir kein halbes Jahr später ein kleines, schmuckes Häuschen am Stadtrand.

Als ich dann kurz darauf auch noch merkte, dass ich schwanger war, kannte mein Glück keine Grenzen mehr. Endlich lief mein Leben in geregelten Bahnen, endlich hatte ich meinen Platz im Leben gefunden und würde ihn nie wieder hergeben.

Nathan freute sich riesig, als er von unserem Familienzuwachs erfuhr und kümmerte sich rührend um mich und mein Wohlergehen. Und als dann endlich unsere kleine Tochter Vanessa geboren worden war, konnte es keinen stolzeren Papa als ihn geben, auch wenn er anfangs noch gewisse Berührungsängste hatte, fast so als könne er versehentlich etwas kaputt machen. Aber diese Übervorsichtigkeit gab sich glücklicherweise bald.

Ich blieb ein Jahr zu Hause und kümmerte mich um die Kleine. Vanessa war nicht nur ein süßes, sondern auch ein ausgesprochen liebes Kind, und so genoss ich diese ersten Monate mit ihr sehr. Fasziniert beobachtete ich, wie schnell sich die Kleine entwickelte, wie sie ständig dazulernte. Es war eine sehr intensive Zeit. Mir schien es, als gäbe es ein unsichtbares Band zwischen meiner Tochter und mir. Wie sehr liebte ich dieses kleine Wesen, das jetzt untrennbar zu meinem Leben gehörte! Ein Gefühl, das so stark war, dass kaum Platz für jemand anderen blieb. Ich glaube, Nathan fühlte sich in diesem Jahr manchmal wie ein Außenseiter, auch wenn er das niemals zugegeben hätte. Stattdessen versuchte er der Kleinen, ebenso wie ihrer Mutter, jeden Wunsch von den Augen abzulesen.

Als Vanessa ein Jahr wurde, kam sie in die Kindertagesstätte und ich ging wieder arbeiten. Die Trennung war für uns beide anfangs schwer, aber bald gewöhnten wir uns daran.

Und auch für Nathan und mich war es die richtige Entscheidung, denn jetzt waren wir wieder ein Team. Wir wechselten uns mit der Kinderbetreuung ab, je nach unseren Unterrichtszeiten brachte mal Nathan, mal ich, Vanessa in die Kita, und ebenso verhielt es sich, wenn wir sie am frühen Nachmittag wieder abholten. Wir wussten, dass wir uns bedingungslos aufeinander verlassen konnten und dieses Wissen tat nicht nur unserer Ehe gut, sondern gab uns auch die nötige Kraft, um unseren Alltag mit Arbeit, Kind und Haus zu bewältigen.

Ja, wir waren eine richtig glückliche, kleine Familie und die nächsten Jahre gehörten zu den schönsten meines Lebens. Vanessa wurde ein aufgewecktes, an allem interessiertes kleines Mädchen mit einem ausgeglichenen, sanftmütigen Charakter, den sie wohl von ihrem Vater geerbt hatte. An den Wochenenden unternahmen wir mit ihr schöne Ausflüge, gingen im Sommer baden oder in den Zoo, im Winter rodeln und ließen im Herbst Drachen steigen. Ich wusste, dass Nathan gerne noch ein Kind gehabt hätte, aber ich fand unsere kleine Familie perfekt, so wie sie war. Und ich wollte nicht schon wieder meine Arbeit aufgeben und sei es auch nur für ein Jahr.

Mein Leben verlief in dieser Zeit so friedlich und harmonisch, dass ich mir wünschte, es würde für immer so bleiben. Ganz selten dachte ich noch an Jonas, aber inzwischen schmerzte diese Erinnerung kaum noch. Ich hatte endlich mit meiner Vergangenheit Frieden geschlossen. Ich brauchte ja nur meine Tochter und meinen Mann anzusehen, um zu wissen, dass alles richtig und gut war, so wie es jetzt war. Nie wieder würde ich meine beiden Lieben hergeben!

Vielleicht hätte ich mir diesen Frieden tatsächlich erhalten können, wenn ich den Brief erst gar nicht geöffnet hätte. Er war noch an meinen alten Nachnamen adressiert gewesen und konnte mich überhaupt nur erreichen, weil er an die Schule gesandt worden war.

Nathan hatte den Brief in meinem Fach im Lehrerzimmer gesehen und ihn mir mit den Worten: „Schau mal, Post von Deiner alten Schule", gegeben.

Ich musste mich zusammenreißen, um den Umschlag nicht mit allzu spitzen Fingern anzufassen. Was wollten denn meine alten Kollegen von mir? Das war Vergangenheit und ich wollte mit all dem nichts mehr zutun haben. Aber das konnte Nathan ja nicht wissen. Nicht einmal ihm hatte ich erzählt, was mich damals wirklich zu dem Schulwechsel veranlasste. Ich hatte nur einmal nebenbei erwähnt, dass ich neue Herausforderungen suchte, worauf er lachend entgegnete, dass das ja hervorragend geklappt hätte, denn nun hätte ich ja ihn.

Von Jonas sagte ich ihm nichts. Wozu auch? Diese Geschichte war ja lange vorbei. Aber vielleicht hatte ich auch einfach nur Angst gehabt, dass er mich nicht verstehen würde.

Nathan war kein neugieriger Mensch und fragte zum Glück auch nie weiter nach. Auch das schätzte ich so an ihm, er ließ mich erzählen, hörte mir zu, aber er drängte mich nie zu irgendetwas. Jedenfalls normalerweise nicht, aber dieser Brief schien es ihm irgendwie angetan zu haben, denn ganz entgegen seiner sonst so zurückhaltenden Art, ließ er nicht locker.

„Nun mach schon auf! Mal gucken, was sie schreiben. Nicht, dass sie Dich zurückhaben wollen. Nicht ohne mich und ich würde hier nur ungern wegziehen", scherzte er.

Ich grinste ihn schief an, öffnete widerstrebend den Umschlag und zog ein Blatt Papier heraus.

„Einladung", stand in großen Lettern ganz oben auf der Seite.

Nathan, der mir über die Schulter spähte, las laut vor:

„Einladung zum 200-jährigen Schuljubiläum. Wir würden uns sehr freuen, Sie bei unseren Feierlichkeiten begrüßen zu dürfen."

„Na das ist doch nett, oder?", meinte er und lächelte mich so freudestrahlend an, als hätte ich den Jackpot im Lotto gewonnen.

Was sollte ich dazu sagen? Also nickte ich: „Ja schon, komisch nur, dass sie überhaupt an mich gedacht haben. Ich war doch nur zwei Jahre dort."

„Da siehst Du, was Du für einen bleibenden Eindruck hinterlassen hast", meinte mein Mann stolz und küsste mich auf die Wange.

Eindruck schon, nur wahrscheinlich keinen allzu positiven, dachte ich skeptisch. Aber vielleicht sah ich das auch falsch. Gut möglich, dass damals gar keiner etwas von der Sache zwischen Jonas und mir mitbekommen, und ich nur aufgrund meines schlechten Gewissens unter Verfolgungswahn gelitten hatte.

Immerhin luden sie mich ja ein, überlegte ich. Aber andererseits bekamen wahrscheinlich alle ehemaligen Kollegen so eine Einladung. Egal, ich würde sowieso nicht hinfahren!

Doch Nathan kam am Abend erneut auf die Einladung zu sprechen und redete mir gut zu:

„Da kannst Du doch hingehen, Katja. Die Abwechslung wird Dir bestimmt guttun. Du hast in letzter Zeit viel zu viel gearbeitet. Und meine Eltern freuen sich, wenn sie Vanessa nehmen können, das weißt Du."

„Und Du, was machst Du dann?" Das war eigentlich nur so dahin gefragt, denn ich beabsichtigte mit keinem Gedanken, tatsächlich dieser Einladung nachzukommen.

„Nun, ich habe es Dir noch nicht erzählt, aber an diesem Wochenende ist Absolvententreffen. Meine Seminargruppe aus Studienzeiten trifft sich an der Ostsee. Ich wollte eigentlich nicht hin, weil ich Dich dann allein lassen müsste, aber wenn Du zu Deiner alten Schule fährst, könnte ich ja noch mal darüber nachdenken."

Ich sah ihm an, wie sehr ihm die Vorstellung behagte, bei diesem Studententreffen dabei sein zu können.

„Aber Du kannst doch auch so hinfahren", entgegnete ich, fand allerdings den Gedanken, ein ganzes Wochenende ohne meinen Mann verbringen zu müssen, nicht sehr erbaulich.

Und als hätte er meine Gedanken erraten, meinte er: „Will ich aber nicht, wenn Du dann hier alleine bist."

Ich seufzte: „Na gut, ich überlege es mir."

„Mach das, mein Schatz."

Und damit war das Thema erst einmal erledigt.

Ich versuchte, nicht mehr an diese Einladung zu denken. Ich wollte weder in meine alte Schule, noch mochte ich meine früheren Kollegen wiedersehen. Aber ich wusste auch, wie gern sich Nathan an seine Studienzeit erinnerte und wie oft er von früher erzählte. Mit einigen Kommilitonen hatte er bis heute regelmäßigen Kontakt.

Und ich kannte auch seine Sturheit, wenn er sich einmal etwas in den Kopf setzte. Er würde mich nicht alleine lassen, es sei denn, er wusste, dass ich auch etwas Schönes plante. Doch genau da lag der Hase im Pfeffer, ein Besuch an meiner alten Schule würde alles andere als schön sein. Aber ich wollte meinem Mann auch nicht den Spaß verderben, seine ehemaligen Mitstudenten wiederzusehen.

Also redete ich mir ein, dass es doch gar nicht so schlecht wäre, meinen früheren Kollegen mal zeigen zu können, dass ich es geschafft hatte. Ich war inzwischen verheiratet, besaß eine süße Tochter, einen liebevollen Ehemann und ein Haus. Und in meiner jetzigen Schule war ich eine beliebte und angesehene Lehrerin, das sagte zumindest Nathan immer. Und, trotz meiner steten Selbstzweifel, gab es eigentlich Nichts, was dagegen sprach.

Ich hatte also überhaupt keinen Grund, mich zu verstecken und konnte Nathan zuliebe diese Einladung ruhig annehmen.

Ich würde mir ein Pensionszimmer besorgen, ein oder zwei Stunden in der Schule verbringen, um mir das offizielle Programm anzusehen, und es mir anschließend in meinem Zimmer mit einem guten Buch gemütlich machen. Lesen, das hatte ich schon lange nicht mehr getan, gab es mit Mann, Kind und Haus doch immer genügend Arbeit.

Bevor ich es mir wieder anders überlegen konnte, erzählte ich Nathan von meinem Entschluss. Es war nicht zu übersehen, wie mein Mann sich freute.

„Du wirst mir zwar unendlich fehlen, mein Schatz, aber vielleicht tut es uns beiden ja auch gut, mal rauszukommen und etwas anderes zu sehen." Und grinsend fügte er hinzu: „So etwas belebt die Beziehung."

Ein wenig irritiert fragte ich mich, ob er darauf anspielte, dass wir seit Wochen schon keinen Sex mehr gehabt hatten. Aber in letzter Zeit war in der Schule einfach so viel Arbeit gewesen, dass ich abends total geschafft war. Und ihm ging es doch nicht anders. Zumindest dachte ich das bis eben.

Eigentlich nahm ich mir schon öfter vor, wieder für mehr Zweisamkeit zu sorgen. Aber ständig war irgendetwas anderes wichtiger gewesen und so war mein guter Vorsatz immer schnell wieder in Vergessenheit geraten. Und Nathan beklagte sich ja auch nie, im Gegenteil, er gab mir ständig das Gefühl, mit mir und unserer Tochter rundum glücklich zu sein. Wahrscheinlich hatte er diese Bemerkung einfach nur so dahin gesagt und ich machte mir, wie so oft, ganz unnötig Sorgen.

7. Kapitel

Dann war das Wochenende da, welches Nathan und ich, zum ersten Mal seitdem wir zusammen waren, getrennt voneinander verbringen würden. Mein Mann brach bereits am frühen Samstagmorgen auf, um pünktlich an der Ostsee zu sein. Schweren Herzens sah ich seinem Wagen nach, als er aus der Einfahrt fuhr, und fühlte mich augenblicklich einsam.

Vanessa hatten wir bereits gestern zu ihren Großeltern gebracht. Als ich die Freude sah, mit der sich die Drei begrüßten, wusste ich, dass ich mir um das Wohlergehen meiner Tochter keine Gedanken machen musste. Endlich hatte sie ihre Oma und ihren Opa mal für sich alleine und würde ihre Eltern in nächster Zeit wohl kaum vermissen. Dafür fehlte mir die Kleine schon sehr und auch Nathan vermisste ich bereits fürchterlich, obwohl er ja gerade erst fort war.

Ich räumte das Frühstücksgeschirr ab, machte mich ein wenig zurecht und packte ein paar Sachen zusammen. Dann wurde es auch für mich höchste Zeit aufzubrechen, wenn ich meinen Zug nicht verpassen wollte. Eigentlich wäre ich zwar viel lieber zu Hause geblieben, aber wie hätte ich Nathan morgen meinen Sinneswandel erklären sollen? Ich konnte ja schlecht zugeben, dass ich Angst vor dieser Reise hatte, weil ich fürchtete, meine Vergangenheit könne mich wieder einholen und ich diesen schmerzhaften Erinnerungen nicht gewachsen sein.

Warum habe ich mich nur darauf eingelassen, diese Einladung meiner alten Schule anzunehmen, anstatt ein schönes Wochenende mit meinem Mann zu verbringen?, fragte ich mich auch noch, als ich schon auf meinem reservierten Platz am Fenster saß und der Zug bereits den Bahnhof verließ. Aber um umzukehren, war es jetzt zu spät. Irgendwie würde ich diesen Tag überstehen und morgen schon konnte ich wieder bei meinen Lieben sein. Dieser Gedanke machte mir Mut und ich entspannte mich ein wenig.

Gegen Mittag kam ich an und ging als Erstes zur Pension. Mein Zimmer war bereits hergerichtet, sodass ich es gleich beziehen konnte. Es war klein, aber gemütlich, doch leider völlig überheizt.

Ich stellte meine Tasche ab, zog die Jacke aus und öffnete erst einmal das Fenster. Von hier aus konnte ich direkt auf den Park blicken, in dem ich mich früher mit Jonas getroffen hatte. Aber war das wirklich ich gewesen, diese junge Frau, die so hoffnungslos in ihren Schüler verliebt gewesen und daran fast verzweifelt war? Es erschien mir heute so unwirklich, dass es mir fast wie eine Erinnerung aus einem anderen Leben vorkam.

Ich merkte, dass ich Hunger bekam. Also schloss ich das Fenster, warf mir die Jacke über und verließ mein Zimmer. Gleich gegenüber der Pension gab es einen kleinen Italiener, den ich noch von damals kannte.

Ich bestellte Nudeln mit Lachs und ein Glas Wein. Als der Kellner das Gewünschte brachte, ließ ich es mir schmecken, auch wenn es ein wenig ungewohnt für mich war, allein zu essen. Sonst waren immer Nathan und Vanessa oder zumindest meine Kolleginnen und Kollegen um mich herum. So ganz ohne Begleitung fühlte ich mich irgendwie immer ein bisschen verloren. Es war ja auch schon lange her, dass ich zum letzten Mal allein unterwegs gewesen war.

Zum Glück war das Restaurant kaum besucht. So blieben mir neugierige Blicke erspart und ich musste mich auch nicht mit irgendwelchen fremden Leuten unterhalten.

Nach dem Essen kehrte ich in mein Zimmer zurück und ruhte mich noch ein wenig aus. Dann war es schon Zeit, sich auf den Weg zur Schule zu machen. Um 15 Uhr sollte das

Programm beginnen und, da ich nun schon einmal da war, wollte ich nicht zu spät kommen.

Je näher ich dem Schulgebäude kam und je vertrauter mir der Weg wurde, desto unsicherer fühlte ich mich.

Die Erinnerungen an Jonas, die ich vorhin beim Blick auf den Park noch gut hatte verdrängen können, waren jetzt plötzlich wieder so präsent, als wäre das alles erst gestern gewesen. Wie oft war ich damals hier entlang gegangen, immer in der bangen Erwartung, ihn irgendwo zu sehen, tief enttäuscht und zugleich erleichtert, wenn er nicht aufgetaucht war. Oder später, unsere geheimen Treffen, wenn er mich auf seinem Motorrad hinter der Schule abgeholt hatte und mit mir davon gefahren war.

Aber auch an meine abgrundtiefe Verzweiflung nach seinem wortlosen Verschwinden erinnerte ich mich, genauso wie an meine Traurigkeit in meinem letzten Jahr hier, dem Jahr ohne ihn.

Die Bilder der Vergangenheit überfluteten mich mit so einer ungeahnten Macht, dass ich am liebsten auf dem Absatz kehrtgemacht hätte. Aber da war ich bereits am Tor zum Schulgelände angelangt.

Ich blieb stehen und atmete tief durch. Nein, Rückzug war der falsche Weg, entschied ich. Wenn ich jetzt flüchtete, würde das alles nur noch schlimmer machen. Ich musste mich endlich diesen Geistern aus der Vergangenheit stellen, um endgültig mit ihnen abschließen zu können. Ich würde jetzt irgendwie diese Schulfeier hinter mich bringen und mich anschließend wieder in mein Pensionszimmer flüchten und darauf warten, dass ich morgen endlich wieder nach Hause zurückkehren konnte. Zu meiner kleinen Familie!

Der Gedanke, dass ich nicht mehr allein war und es jetzt Nathan und Vanessa in meinem Leben gab, machte mir Mut. So trat ich die Flucht nach vorn an und ging entschlossen auf den Schulhof, auf dem bereits etliche Menschen in kleinen Gruppen zusammenstanden.

Ich hatte keine drei Schritte gemacht, da löste sich aus einer solchen Gruppe ein älterer Herr im schicken Anzug, kam auf mich zugestürmt und rief schon von weitem:

„Frau Eislinger? Das gibt's doch gar nicht. Tatsächlich, Sie sind es wirklich."

Er hatte mich erreicht und schüttelte mir überschwänglich die Hand:

„Gut sehen Sie aus, meine Liebe. Und so erwachsen, wenn ich mir diese Bemerkung erlauben darf."

Auf den zweiten Blick erkannte ich in dem netten Herrn meinen früheren Direktor wieder, an dem die Zeit leider auch nicht spurlos vorbeigegangen war. Er hatte nicht nur einige Kilos zugelegt, auch seine ehemals dunklen Haare waren inzwischen beinahe vollständig ergraut.

Er deutete meinen Blick wohl richtig und meinte:

„Sie sehen ja, die Schüler bereiten mir jede Menge graue Haare. Aber noch zwei Jahre, dann gehe ich in Pension." Allerdings wirkte er so voller Elan, dass ich mir schlecht vorstellen konnte, dass ihm der Ruhestand wirklich erstrebenswert erschien.

„Ich heiße jetzt übrigens Frau Becker", erklärte ich und ging dann mit ihm ins Schulgebäude. Hier traf ich weitere frühere Kolleginnen und Kollegen, und wurde von allen freundlich begrüßt. Meine Zweifel und Ängste, die mich damals so gequält und eben beinahe wieder eingeholt hatten, erwiesen sich also als völlig unbegründet.

Ich schaute mir gemeinsam mit den anderen das Programm an, welches die einzelnen Klassen einstudiert hatten, und hörte anschließend der Rede des Direktors zu.

Es war okay, hier zu sein, stellte ich erleichtert fest. Ich fühlte mich sogar ganz wohl inmitten der alten Kollegen, auch wenn ich nun nicht mehr zu ihnen gehörte. Mein Leben fand jetzt anderswo statt und das war gut so! Jonas war Geschichte, und es war richtig, wie letztlich alles gekommen war. Denn heute war ich eine glücklich verheiratete Frau und Mutter einer zauberhaften Tochter.

Mit diesen Gedanken hatten die Schatten der Vergangenheit plötzlich ihren Schrecken verloren.

Wäre ich nach dem offiziellen Teil gegangen, wie ich es eigentlich erst vorgehabt hatte, wäre wohl alles anders gekommen. Aber zwei meiner früheren Kolleginnen überredeten mich, sie noch in die Aula zu begleiten, wo die Schulband gerade zu spielen begann. Und da ich mich in dem Moment recht wohl fühlte, stimmte ich zu.

Die Tanzfläche war von den Schülern und deren Eltern schon gut besucht und wir stellten uns an die Seite, um das Treiben zu beobachten. Ich erzählte den beiden von meiner Heirat und Annemarie Gustloff, eine Mathematiklehrerin, mit der ich früher recht gut klar gekommen war, griff nach meiner Hand, um meinen Ehering zu begutachten.

Als ich eine Hand auf meinen Arm spürte, drehte ich mich, in der Erwartung eine weitere alte Kollegin zu sehen, um. Aber stattdessen stand ein Mann vor mir, der so groß war, dass ich zu ihm aufsehen musste.

„Du hast also geheiratet", meinte er, mehr eine Feststellung, als eine Frage. Die vertraute Stimme ließ mich vor Überraschung einen Schritt zurückweichen.

„Jonas?", fragte ich erschrocken und starrte ihn mit aufgerissenen Augen an. Mit allen hatte ich hier gerechnet, aber nicht mit ihm. Nicht nach all den Jahren, wo er es doch schon damals nicht für nötig hielt, seine Heimat zu besuchen.

„Katja!" Er lächelte. „Schön, Dich zu sehen."

Den beiden Kolleginnen, die ihren früheren Schüler ganz sicher auch wiedererkannten, denn Jonas war niemand, den man so einfach vergaß, fielen bei unserem vertrauten

Umgangston beinahe die Augen aus dem Kopf. Aber heute war es mir egal.

„Tanzt Du mit mir?", fragte er lächelnd.

Sein Blick erinnerte mich an damals, an unsere guten, vertrauten Momente, und so nickte ich. Was war schon dabei? Sollten sie doch denken, was sie wollten.

„Die Damen entschuldigen uns?", fragte er und schenkte seinen ehemaligen Lehrerinnen ein charmantes Lächeln, das diese, wie auf Knopfdruck, erwiderten.

Er wickelt sie mühelos um den Finger, dachte ich, und folgte ihm zur Tanzfläche. Ich hätte gerne irgendetwas Schlaues gesagt, stand aber immer noch so unter Schock über sein unverhofftes Auftauchen, dass mir nichts einfiel.

Während ich neben ihm her ging, musterte ich ihn unauffällig von der Seite. Kaum zu glauben, ich fand ihn noch attraktiver, als in meiner Erinnerung. Er hatte immer noch diese jungenhafte, liebenswerte Art, war aber inzwischen männlicher geworden. Sportlich schlank, mit breiten Schultern, leger gekleidet in Jeans und Sakko, die Haare ein wenig kürzer als früher, dafür mit einem Dreitagebart, der ihm einen Hauch Verwegenheit verlieh, zog er noch mehr als damals die Blicke der Frauen auf sich.

Ich war erleichtert, dass er nichts sagte oder fragte, sondern mich einfach nur in die Arme nahm, um mit mir zu tanzen. Heute hielt er jedoch gebührend Abstand und benahm sich, ganz anders als damals beim Abiball, tadellos.

Ich hätte froh darüber sein sollen, und doch spürte ich, als er auch bei einem langsamen Song keine Anstalten machte, mich näher an sich zu ziehen, eine leise Enttäuschung.

Was soll das, Katja?, fragte ich mich. Du bist verheiratet. Glücklich verheiratet! Eigentlich solltest du nicht mal mit ihm tanzen.

Als hätte die Band meine Gedanken gehört, legte sie in diesem

Moment eine Pause ein. Jonas ließ mich los und sah mich lächelnd an: „Hast Du auch Durst bekommen?"

Ich nickte und suchte wieder mal erfolglos nach den passenden Worten. Während des Tanzes hatte ich zwar meine Fassung einigermaßen wiedergewonnen, aber Jonas musste mich nur ansehen und schon bekam ich weiche Knie und mein Mund wurde vor Aufregung ganz trocken. Wieso hatte dieser Mann, selbst nach all den Jahren, noch solche Wirkung auf mich?

„Warte hier, ich hole uns was." Und schon war er im Getümmel verschwunden.

Völlig überfordert mit der Situation, stand ich da und versuchte, meine Gedanken und Gefühle zu sortieren. Heute hatte ich doch mit der Vergangenheit endgültig abschließen wollen. Aber nun stand die Vergangenheit in Person von Jonas leibhaftig vor mir und mir schien es, als wären seit damals nur Tage und nicht beinahe sechs Jahre vergangen. Ich erschrak vor der Intensität meiner Gefühle für ihn und fragte mich, was ich nun tun sollte. Einfach verschwinden?

Doch bevor ich auch nur ansatzweise einen klaren Gedanken fassen konnte, stand Jonas schon wieder mit zwei Gläsern Sekt in den Händen vor mir.

Er reichte mir ein Glas und prostete mir mit dem anderen zu.

„Auf unser Wiedersehen, Katja", meinte er und wir stießen an.

„Wollen wir uns ein wenig setzen?" Jonas wies hinüber zu den Tischen und Stühlen.

Ich nickte wieder nur und kam mir unsagbar langweilig vor.

Als wir uns dann in einer Ecke gegenüber saßen und er mich lange einfach nur ansah, verlor ich völlig meine Fassung, erst recht, als er dann plötzlich leise sagte, dass ich noch schöner als früher wäre.

Vor Verlegenheit, und wohl auch vor Freude über das unerwartete Kompliment, lief ich feuerrot an und platzte dann in meiner Verwirrung heraus:

„Du siehst aber auch toll aus, Jonas." Sofort hätte ich mir am liebsten auf die Zunge gebissen, aber gesagt, war gesagt.
Er schaute mich überrascht an, dann ließ ihn mein spontanes Geständnis in schallendes Gelächter ausbrechen.
Damit war der Bann zwischen uns gebrochen und die Befangenheit verschwand. Kichernd versuchte ich, mich herauszureden, aber Jonas winkte ab:
„Schon gut. Auch ein Mann bekommt ganz gerne mal ein Kompliment."
„Na an Verehrerinnen wirst Du wohl keinen Mangel haben", neckte ich ihn und war verblüfft über seine Antwort:
„Nichts Verehrerinnen. Ich bin ein verheirateter Mann und Vater zweier wundervoller Söhne. Max und Moritz. Die Zwillinge sind gerade zwei geworden und machen ihren Namen alle Ehre."
„Oh! Gratuliere", etwas Besseres fiel mir in meiner Überraschung so schnell nicht ein.
„Und Du, Du bist also auch verheiratet." Er blickte mir tief in die Augen und für einen Moment fragte ich mich, was aus uns geworden wäre, wenn er damals nicht einfach verschwunden wäre. Aber dann gäbe es heute Vanessa nicht, sagte ich mir sogleich, und antwortete:
„Ja, verheiratet und Mutter einer süßen, dreijährigen Tochter."
„Prima", lachte er und fragte, da in diesem Moment die Musik wieder einsetzte: „Tanzen?"
Gerne stimmte ich zu, denn es fiel mir leichter, mit ihm zu tanzen, als mit ihm zu reden. Auch wenn wir uns gerade recht ungezwungen unterhalten hatten, gab es doch genügend Themen, um welche ich mich vorsichtig herum manövrieren musste, wenn ich die gute Stimmung zwischen uns nicht zerstören wollte.
Beim Tanzen aber, harmonierten wir so mühelos, als hätten wir es jahrelang geprobt. Nathan dagegen war nicht der große Tänzer und wir waren auch schon lange nicht mehr zusammen

aus gewesen. Nicht, dass ich deswegen etwas vermisst hätte, jedenfalls nicht bewusst, aber die Leichtigkeit, mit der Jonas mich übers Parkett führte, machte mir so eine Freude, dass ich am liebsten den ganzen Tag weiter getanzt hätte. Aber leider ging so ein Schulfest nicht ewig.

„Hast Du Hunger?", fragte er mich, als die Band ihren letzten Titel gespielt hatte.

Ich zuckte die Schultern, noch ganz benommen von dem eben Erlebten. „Ja, ein bisschen vielleicht."

„Gut, ich nämlich auch. Dann lass uns doch hier verschwinden und essen gehen. Wo wohnst Du eigentlich oder musst Du heute noch zurück?"

„Nein, erst morgen früh. Ich habe ein Zimmer in der Pension am Park."

„Die Pension am Park." Sein Blick hatte sich verändert und er sah mich ganz eigenartig an. „Unser Park?"

Statt auf seine Frage zu antworten, wich ich seinem Blick aus. Warum sagte er das? Was brachte es, diese alten Erinnerungen aufzuwühlen? Das war alles lange her, heute waren wir beide verheiratet.

Zum Glück wurde er sofort wieder sachlich. „Da gibt's doch gleich gegenüber diesen kleinen Italiener. Der war früher ganz gut. Wollen wir da hingehen? Dann hast Du es später nicht mehr weit", schlug er vor.

Ich war einverstanden und verschwieg, dass ich bereits mittags dort gewesen war. Aber es war ja auch völlig egal, wo wir essen würden. Heute gab es kein Geheimnis mehr zwischen uns, das vor der Öffentlichkeit geschützt werden musste. Jonas war nur ein alter Freund, den ich zufällig wieder getroffen hatte. Wir waren beide hungrig und es sprach nichts dagegen den Abend zusammen zu verbringen. Nach dem Essen würde ich dann in mein Zimmer gehen und den Tag in Ruhe ausklingen lassen.

Wir bestellten Pizza und eine Flasche Wein. Dieses Mal bediente der Inhaber des Lokals, ein älterer, untersetzter Italiener, höchstpersönlich. Der Kellner von mittags war nirgends zu sehen. Als wir uns nach dem Essen zuprosteten, gestand mir Jonas plötzlich ein wenig verlegen:

„Ich habe jahrelang keinen Tropfen Alkohol angerührt, weil ich mich wegen meines Verhaltens damals so geschämt habe, dass mir jeglicher Appetit darauf vergangen war. Inzwischen habe ich dieses selbst auferlegte Verbot wieder etwas gelockert. Heute weiß ich zum Glück aber auch besser, wie viel ich vertrage."

Meinte er unseren letzten Abend, an dem er übergriffig geworden und dann davon gestürmt war? Der Blick, mit dem er mich ansah, sagte mir, dass er genau davon gesprochen hatte. Er griff über den Tisch nach meiner Hand, ließ sie aber gleich wieder los.

„Katja, es tut mir so leid. Ich bereue so sehr, was damals im Park passiert ist."

Plötzlich war alles wieder da, meine Enttäuschung, mein Schmerz, meine Wut.

„Warum hast Du danach auf keinen meiner Anrufe reagiert und keine Nachricht beantwortet", fuhr ich ihn an und versuchte krampfhaft, meine Fassung zu bewahren.

„Weil ich so betrunken war, dass ich auf dem Heimweg mein Handy verloren habe", entgegnete er schuldbewusst. „Am nächsten Tag habe ich zwar danach gesucht, aber irgendwer muss schneller gewesen sein. Es war weg. Ich stand dann sogar vor Deinem Haus, wollte mich entschuldigen, Dir alles erklären, aber ich habe nicht gewagt, Dir unter die Augen zu treten. Ich habe mich so geschämt und ich dachte, Du würdest nach all dem nichts mehr mit mir zu tun haben wollen. Darum habe ich mich entschieden, den Studienplatz in München anzunehmen, den ich eigentlich schon längst hatte absagen wollen, und bin viel zu früh dorthin gefahren. Ich hatte Angst,

Dich wiederzusehen, Deine Vorwürfe zu hören. Es war alles so furchtbar kompliziert damals. Und so sah ich keine andere Möglichkeit mehr als die Flucht. Das war feige, ich weiß, aber ich dachte, dass wir sowieso keine Chance hätten."

„Wahrscheinlich hatten wir die auch wirklich nicht", entgegnete ich, auch wenn mir diese Worte selbst heute noch weh taten. Doch ich riss mich zusammen: „Und inzwischen haben wir ja beide unser Glück gefunden."

„Ja!" Er nickte. „Trotzdem schön, Dich wiederzusehen", meinte er lächelnd und mir wurde es ganz warm ums Herz.

„Katja, ich bin extra zum Schulfest gekommen, weil ich gehofft habe, Dich dort zu treffen. Auch wenn ich ehrlich gesagt, kaum damit gerechnet habe, dass Du wirklich da sein würdest. Ich habe schon vor Jahren gehört, dass Du die Schule bald nach mir verlassen hast."

Er war extra wegen mir hier? Wirklich? Oder versuchte er nur, mir, so wie damals, den Kopf zu verdrehen? Da ich weder wusste, was ich von seinen Worten halten, noch was ich dazu sagen sollte, rettete ich mich in Fakten:

„Mein Mann hat mich überredet, hierher zu fahren. Er meinte, es wäre eine gute Abwechslung für mich", entgegnete ich und war noch verwirrter, als Jonas lachend entgegnete:

„Ich werde Deinem Mann auf ewig dankbar sein! Es lag mir seit Jahren auf der Seele, mich mit Dir auszusprechen. Ich bin froh, dass Du inzwischen glücklich geworden bist, Katja."

„Glaub mir, ich auch", meinte ich lachend und überspielte damit meine Unsicherheit.

Wieder stießen wir mit unseren Gläsern an. Es tat gut, nach all diesen Jahren freundschaftlich mit ihm hier zu sitzen und die alten Unstimmigkeiten aus dem Weg zu räumen.

Bald redeten wir über alles Mögliche. Er sprach von seinem inzwischen abgeschlossenen Studium, seiner Arbeit als Architekt und von seinen Kindern. Ich erzählte von meiner neuen Schule und natürlich von Vanessa. Und auch ein wenig von meinem Mann. So quatschten wir uns wie früher fest und aus der einen Flasche Wein wurde bald eine zweite.

Als der Wirt plötzlich vor uns stand und verkündete, dass er jetzt schließen wolle, schaute ich erstaunt auf meine Uhr. Kurz vor Mitternacht? Unglaublich, wie schnell die Zeit bei unserem Gespräch vergangen war.

Jonas bestand darauf, mich einzuladen. Als er die Rechnung bezahlte, fragte er zu meiner Überraschung: „Haben Sie vielleicht noch eine Flasche Wein für uns zum Mitnehmen."

Und so standen wir kurz darauf mit der dritten Flasche Wein des Abends draußen auf der Straße. Dumm nur, dass es mittlerweile zu regnen begonnen hatte.

„Und was machen wir jetzt damit?", fragte Jonas und hob die Flasche. „Wir können ja schlecht zu meinen Eltern in mein altes Kinderzimmer gehen."

Selbst wenn ich wusste, dass er nur Spaß machte, verursachte mir diese Vorstellung eine Gänsehaut. Die Letzte, der ich an diesem Abend über den Weg laufen wollte, war seine Mutter. Wenn ich nur an meinen peinlichen Besuch damals dachte, wäre ich noch heute am liebsten im Erdboden versunken.

Glücklicherweise hatte Jonas bisher kein Wort darüber verloren und ich würde mich hüten, dieses traurige Kapitel aus meinem Erfahrungsschatz zur Sprache zu bringen.

Einen Moment zögerte ich, dann fragte ich, selbst überrascht über meinen plötzlichen Mut: „Wollen wir rüber in mein Zimmer?" Die Pension lag ja nur einen Katzensprung entfernt, also genau richtig bei dem Wetter.

Jonas war sofort einverstanden und so rannten wir, seine Jacke über den Köpfen, über die Straße. Zum Glück besaß ich einen eigenen Haustürschlüssel, da die Pension nachts immer verschlossen war, sodass uns ein neugieriger Portier erspart blieb.

In meinem Zimmer gab es nur das Bett, einen Schrank und ein kleines Tischchen, eine Tatsache, die mir erst bewusst wurde, als ich neben Jonas in dem kleinen Raum stand und nach einer Sitzgelegenheit Ausschau hielt.

Also wies ich notgedrungen aufs Bett: „Setz Dich."

Jonas ließ sich nicht lange bitten und nahm Platz. Während er den Schraubverschluss der Flasche öffnete, holte ich rasch die beiden Zahnputzbecher aus dem Bad.

„Gläser habe ich leider nicht."

„Kein Problem, ich trink auch aus der Flasche", meinte er grinsend, goss dann aber doch die beiden Becher voll. Zögernd setzte ich mich neben ihn, allerdings auf einen gewissen Abstand bedacht. Ein Verhalten, das mir prompt die spöttische Frage einbrachte:

„Hast Du Angst vor mir?"

Da saß ich nun, mit den beiden Zahnputzbechern mit Wein in den Händen und dachte einen Moment über seine Frage nach, die ich normalerweise und in nüchternem Zustand sofort verneint hätte. Ich und Angst, lachhaft.

Aber ich war heute alles andere als nüchtern und dieser Abend alles andere als normal. Und so sah ich ihn an und antwortete, vom Alkohol mutig geworden, wahrheitsgemäß:

„Ja Jonas, ich habe Angst vor Dir. Oder besser gesagt, vor dem, was Du in mir auslöst."

Ich sah, wie er vor Überraschung schluckte und augenblicklich ernst wurde.

„Ich auch, Katja", sagte er dann so leise, dass ich die Worte mehr ahnte, als verstand. „Ich meine, ich habe auch Angst und doch möchte ich gerade nirgends sonst sein, als hier bei Dir."

Nach diesen Worten stellte er die Flasche auf den Boden und nahm mir die beiden Becher aus den Händen, um sie dazu zu stellen. Dann rückte er ganz nah an mich heran, beugte sich zu mir herüber und nahm mein Gesicht in seine Hände. Wie früher, dachte ich noch, als er mich küsste, erst zärtlich und vorsichtig, dann immer leidenschaftlicher und fordernder. Und bald dachte ich gar nichts mehr.

„Katja", flüsterte er, als er kurz innehielt, dann drückte er mich sanft nach hinten aufs Bett und ließ sich neben mich sinken.

Ich wusste, es war nicht richtig, was wir taten, und doch geschah dieses Mal nichts gegen meinen Willen. Und endlich überschritten wir gemeinsam auch die Grenze, vor der wir damals Halt gemacht hatten.

Was soll ich sagen? Ja, es war falsch, ja, es war verrückt, aber es war auch gleichzeitig wunderschön, magisch, erregend! Mit Jonas fühlte ich mich plötzlich wieder so unglaublich jung, frei und leicht.

8. Kapitel

Wir schliefen nicht viel in dieser Nacht. Wir liebten uns, redeten, liebten uns wieder. Es war, als würden wir uns in einem schützenden Kokon befinden, in dem nur wir beide Platz hatten, und nichts und niemand unsere Zweisamkeit stören konnte.

Der alte Zauber war zurückgekehrt und die Anziehungskraft zwischen uns heute vielleicht sogar noch stärker, als damals. Wir kamen beide nicht dagegen an und wollten es auch gar nicht.

Wie schafft es dieser Mann nur immer wieder, mein Herz zu erobern?, fragte ich mich in einem klaren Moment, verschob das Nachdenken darüber aber auf später. Im Augenblick zog ich es vor, in seinen Armen unsere kostbare gemeinsame Zeit zu genießen.

Als es draußen bereits hell wurde, erzählte er mir plötzlich von seiner Frau. Er habe sie bereits kurz nach unserer Trennung beim Studium kennengelernt, berichtete er. Später war er dann zu ihr, in ihre Heimatstadt, gezogen. Vor zwei Jahren waren dann dort, die beiden Jungs geboren wurden.

Ich war einerseits dankbar über seine Offenheit, andererseits erschüttert, wie schnell er sich damals tröstete. Der Gedanke an eine andere Frau an seiner Seite, tat mir weh. Aber was wollte ich eigentlich? Ich hatte doch Nathan. Es gab keinen Grund eifersüchtig zu sein und ich besaß auch kein Recht dazu. Trotzdem war ich froh, als Jonas nicht mehr über sie, sondern über seine Arbeit sprach.

Seit zwei Jahren arbeitete er nun schon in einem renommierten Architekturbüro, so erzählte er, und man merkte, wie sehr er diese Arbeit mochte. Wenn ich es recht verstand, hatte er schon in der kurzen Zeit eine beachtliche Karriere hingelegt, auch wenn er das so natürlich nie gesagt hätte.

„Und Du?", fragte er. „Lehrerin mit ganzem Herzen, so wie früher?"

Ich nickte lächelnd und erzählte ihm von meiner Schule und dass mein Mann und ich uns dort kennengelernt hatten. Bei dem Gedanken an Nathan packte mich auf ein Mal so das schlechte Gewissen, dass ich hätte heulen können. Er hatte mich zu dieser Reise überredet, mit der Absicht, mir etwas Gutes zu tun, und nun lag ich hier mit einem anderen Mann im Bett.

Jonas besaß dieselbe Feinfühligkeit wie früher. „Bereust Du es?", fragte er sanft und streichelte meine Wange.

„Nein!" Das tat ich wirklich nicht. Für nichts in der Welt hätte ich gerade meinen Platz an Jonas' Seite aufgegeben. Für fast nichts räumte ich ein, als ich an Vanessa dachte.

„Es soll wohl nicht sein mit uns", meinte Jonas traurig. „Immer steht etwas zwischen uns. Damals warst Du meine Lehrerin, heute sind wir beide verheiratet."

Ich nickte. Was hätte ich auch sagen sollen? Er hatte ja recht. Wir hatten uns diese gemeinsame Nacht gestohlen, und würden bald wieder in unsere jeweiligen Leben zurückkehren.

Werde ich meinem Mann dann alles beichten?, fragte ich mich. Ich entschied, jetzt nicht darüber nachzudenken. Um eine Antwort auf diese Frage zu finden, würde ich auf der Rückfahrt noch genug Zeit haben. Dann, wenn Jonas wieder aus meinem Leben verschwunden sein würde. Ein für allemal, denn so sehr ich auch jede Sekunde mit ihm genoss, so sicher war ich mir auch, dass es bei dieser einen gemeinsamen Nacht bleiben würde. Bleiben musste! Ich war einfach nicht der Typ, der zweigleisig fuhr und außerdem war das Risiko viel zu groß, dabei Nathan zu verlieren.

Wie seine Worte bewiesen, war Jonas wohl wieder mal ähnlichen Gedankengängen gefolgt:

„Katja, Du kannst Dir nicht vorstellen, wie oft ich mir gewünscht habe, dass es so wie jetzt zwischen uns ist. Ich habe wohl nie aufgehört, Dich zu lieben."

Dieses Geständnis trieb mir die Tränen in die Augen.

„Mir geht's doch genauso", flüsterte ich, doch er fuhr bereits fort:

„Aber was ich eigentlich sagen wollte", schuldbewusst sah er mich an, „ich kann trotzdem meine Frau nicht verlassen. Das ist jetzt vielleicht schwer nachvollziehbar, aber Jennifer liebe ich auch. Und meine Jungs natürlich sowieso. Ich würde es nicht fertig bekommen, meine Familie zu zerstören." Er seufzte und wirkte plötzlich traurig. „Auch wenn ich mich wohl an jedem weiteren Tag meines Lebens nach Dir sehnen werde."

Die Vorstellung, Jonas bald schon erneut zu verlieren, war unerträglich und doch konnte ich ihn nur zu gut verstehen.

„Jonas, ich könnte meinen Mann und meine Tochter doch auch nicht verlassen. Nathan war immer für mich da, er hat mich damals aufgefangen, als es mir so schlecht ging und ..."

Ich brach ab und zuckte nur hilflos mit den Schultern. Jonas und ich schienen die Meister darin zu sein, in verfahrene Situationen zu geraten, damals, genauso wie heute.

Er sah mich einen Moment still an und als er dann sprach, klang seine Stimme ganz rau: „Nathan der Weise. Er hat wohl sofort begriffen, was Du für eine tolle Frau bist, nachdem ich Trottel Dich allein gelassen habe."

Ich strich ihm über die stoppelige Wange: „Nicht, Jonas. Es ist so lange her. Natürlich war es damals schwer für mich, aber im Nachhinein war es richtig, dass Du gegangen bist. Wir hätten keine Chance gehabt. Und außerdem", versuchte ich ihn aufzuheitern, „gäbe es sonst heute weder meine Vanessa, noch Deine Jungs."

Er lachte und beugte sich über mich. „Meine kluge Lehrerin."
Dann küsste er mich wieder und wir vergaßen für eine Weile
erneut alles um uns herum.

Anschließend lagen wir Arm in Arm da, redeten und stellten
uns gegenseitig Fragen. Jeder wollte vom anderen so viel wie
möglich wissen, so gut es ging Anteil an dessen Leben haben
und sei es auch nur für eine Nacht und einen Morgen.

Nachdenklich meinte ich irgendwann: „Ich habe immer
gedacht, dass ich mit Nathan so glücklich bin, dass mir das nie
passieren könnte. Fremd gehen, meine ich."

Jonas runzelte die Stirn: „Also als fremd gehen würde ich das
zwischen uns nun nicht unbedingt bezeichnen, Katja. Du und
ich, wir sind uns so unheimlich vertraut. Obwohl wir uns
Jahre nicht begegnet sind, ist mir, als würden wir genau da
weitermachen, wo wir damals aufgehört haben. Mir ist Treue
sonst auch sehr wichtig, ich habe Jennifer in all den Jahren
noch nie betrogen."

Ich nickte. „Du hast ja recht. Mit uns ist das irgendwie anders,
das war es ja damals schon."

„Glaubst Du an die Liebe auf den ersten Blick?", fragte er.

Ich zuckte die Schultern. „Vielleicht."

„Ich schon. Bei mir war es damals nämlich so, als ich Dich
zum ersten Mal in der Schule gesehen habe. Da wusste ich
noch nicht, dass Du die neue Lehrerin warst. Du sahst so
ungeheuer jung aus und wirktest in Deinem Outfit fast wie ein
Indianermädchen. Ich war augenblicklich hin und weg." Er
kitzelte mich übermütig, dann küsste er mich stürmisch und
lachend balgten wir uns wie übermütige Kinder herum.

Als wir endlich wieder zu Atem kamen, fragte ich:
„Und bei Dir und Deiner Frau, wie war es da?" Vielleicht
hätte ich diese Frage nicht stellen sollen, aber er antwortete
mir bereitwillig:

„Jennifer ist ein ganz anderer Typ als Du, groß und blond.
Vielleicht fiel es mir deshalb leicht, mich auf sie einzulassen.

Ich wollte Dich damals unbedingt vergessen. Ich habe sie gleich, nachdem ich nach München gegangen bin, kennengelernt. Sie hat auch Architektur studiert und nach ein paar Wochen waren wir schon ein Paar. Fast sechs Jahre sind wir jetzt schon zusammen, vor drei Jahren haben wir geheiratet." Er überlegte kurz und fuhr dann fort: „Nein, Liebe auf den ersten Blick war es wohl nicht, aber Sympathie und irgendwie auch Faszination, und daraus ist dann die Liebe gewachsen."

Er war so absolut ehrlich zu mir, kein Herumreden, kein Ausweichen. Wie hätte ich mir gewünscht, dass wir wenigstens Freunde sein könnten und ich ihn nicht gleich wieder aus meinem Leben gehen lassen musste. Aber ich wusste, das war unmöglich.

„Und bei Nathan?", fragte er nur, aber ich wusste ja, was er meinte.

Ich zögerte, aber ich wollte auch ehrlich sein. „Nein, keine Liebe auf den ersten Blick, nicht mal auf den Zweiten. Aber auf den Dritten, Vierten", ich lachte. „Und so weiter."

„Wie kam das?" Jonas gab sich nicht mit allgemeinen Antworten zufrieden.

„Er ist Geschichtslehrer, genau wie ich. Als ich damals an seine Schule kam, hat er mich unter seine Fittiche genommen. Aus einem kollegialen Miteinander ist dann mehr geworden."

Ich zögerte, es war eigenartig, hier mit diesem Mann nackt im Bett zu liegen und über meinen Ehemann zu reden. Eigentlich hätte ich mich doch schon beim Gedanken daran, was ich Nathan gerade antat, in Grund und Boden schämen müssen. Aber schnell verdrängte ich meine Schuldgefühle.

„Weißt Du", fuhr ich fort, „das Zusammensein mit Nathan ist so, als würde man in einem ruhigen, klaren See schwimmen. Ich kenne ihn so gut, dass ich mich bedenkenlos treiben lassen kann. Ich weiß einfach, ich kann nicht untergehen."

„Und wie ist es bei mir?", fragte Jonas.

Schon sein Blick brachte mein Herz wieder zum Klopfen.

„Du bist wie der Ozean. Das Meer ist schön und reizvoll, kann aber auch gefährlich sein", antwortete ich, und wusste selbst nicht, was ich da eigentlich redete. Doch ich konnte einfach nicht aufhören. Meine Gedanken sprudelten regelrecht aus mir heraus:

„Das Wasser des Meeres ist nie so ruhig, wie bei einem See, immer gibt es Wellen. Man kann in ihnen schwimmen oder spielen, darf dabei aber nie sorglos sein. Immer muss man darauf gefasst sein, dass das Wetter umschlagen könnte. Sicher, auch wenn das Meer stürmisch ist, kann das Spiel in den Wellen noch Spaß machen, ja, es kann sogar ungeheuer belebend sein, gefährlich wird es nur, wenn man seine eigene Kraft überschätzt und es dann nicht mehr ans sichere Ufer schafft."

Jonas wirkte geschockt, als er fragte: „So siehst Du mich, wie das stürmische Meer, in dem Du jeden Moment untergehen könntest?"

Ich nickte: „Ja, irgendwie schon. Ich habe es ja damals, als Du plötzlich weg warst, erlebt, wie es ist, wenn man meint, gleich ertrinken zu müssen."

„Ach Katja," er seufzte. „Hab bitte keine Angst, dieses Mal wirst Du nicht untergehen."

„Ich weiß!", sagte ich und klang entschiedener als beabsichtigt. „Weil ich dieses Mal nämlich sicher und geborgen im ruhigen See schwimme und das Meer meiden werde."

So drastisch wollte ich es eigentlich nicht ausdrücken. Diese Unverblümtheit lag wohl am Restalkohol in meinem Körper. Wir hatten in den letzten Stunden nicht nur die dritte Flasche Wein, sondern auch noch die ganze Minibar, geleert.

Aber Alkohol hin oder her, gesagt, war gesagt. Er wirkte nach meinen letzten Worten verletzt, auch wenn das nicht meine Absicht gewesen war. Aber nach einem Moment meinte er nachdenklich: „Du hast ja irgendwie recht, auch wenn ich wünschte, Du würdest anders empfinden."

Was sollte ich darauf entgegnen? Und so zuckte ich nur mit den Schultern. Eine ganze Weile schwiegen wir, dann schaute er auf seine Uhr und richtete sich abrupt auf:

„Ich denke, es ist für uns beide das Beste, wenn ich jetzt gehe."

Seine Worte taten mir weh. Mein Magen krampfte sich zusammen, aber ich nickte und schluckte tapfer die Tränen hinunter. Es war wirklich Zeit, Abschied zu nehmen und ich wusste, ich durfte ihn nicht wiedersehen.

Und so lehnte ich auch seinen Vorschlag ab, wenigstens unsere Handynummern auszutauschen. Ich wusste, dass ich dann niemals der Versuchung widerstehen könnte, Kontakt mit ihm aufzunehmen oder mich sogar mit ihm zu verabreden. Aber die letzte Nacht durfte sich auf keinen Fall wiederholen. Nicht, wenn ich meine kleine, heile Familie behalten wollte. Und das wollte ich um jeden Preis!

„Wirst Du es ihm erzählen?", fragte er beim Abschied an der Tür.

„Ich weiß es nicht", ich klang genauso mutlos, wie ich mich fühlte.

„Lass es unser Geheimnis sein", flüsterte er leise. „Ich werde unsere Nacht nie vergessen, Katja."

Ein letzter inniger Kuss, dann war er fort.

Auch ich würde die Erinnerung an diese Nacht, ebenso wie meine Liebe zu ihm, als kostbaren Schatz in meinem Herzen bewahren. Allerdings wusste ich zu diesem Zeitpunkt noch nicht, wie sehr diese Nacht mein Leben verändern würde.

Ich duschte, zog mich an und ging dann nach unten zum Frühstücken in den Speiseraum. Aber ich war so in meine Gedanken versunken, dass ich von meiner Umgebung kaum etwas wahrnahm.

Geistesabwesend stopfte ich irgendetwas Essbares in mich hinein und hätte später nicht einmal mehr sagen können, was ich überhaupt gegessen hatte.

Dann war es schon fast Zeit, sich auf den Weg zum Bahnhof zu machen. Ich packte rasch meine wenigen Sachen zusammen, bezahlte das Zimmer und ging zum letzten Mal die vertrauten Straßen entlang. Ich wusste, ich würde nicht wieder in diese Stadt kommen, in der mich alles an Jonas erinnerte.

Leb wohl Jonas, sandte ich ihm gedanklich einen letzten Gruß, und war traurig und erleichtert zugleich, als der Zug abfuhr. Nun war es mir auf dieser Reise also tatsächlich gelungen, mit der Vergangenheit ins Reine zu kommen. Jetzt musste ich bloß noch meine Gegenwart sortieren, damit einer glücklichen Zukunft mit meiner Familie nichts im Wege stand.

Keine Ahnung, wie ich es hinbekam, aber es gelang mir nach meiner Rückkehr tatsächlich, erst einmal jeden Gedanken an Jonas, ebenso wie meine Gefühle für ihn, zu verdrängen. Als wäre nichts Besonderes geschehen, funktionierte ich tadellos. Ich holte Vanessa von ihren Großeltern ab, kochte zu Hause für uns beide eine Kanne Kakao und ließ mir von meiner Kleinen jedes Detail ihres Oma-Opa-Wochenendes erzählen. Bald kam auch Nathan von seinem Ostseeausflug zurück und ich bekam den nächsten Wochenendbericht zu hören. Mein Mann sprühte regelrecht vor Begeisterung, was, wie ich ein wenig enttäuscht feststellte, aber nicht daran lag, dass er mich endlich wieder hatte, sondern weil all seine schönen Erlebnisse und wieder aufgefrischten Erinnerungen in ihm nachklangen.

Ich hatte ihn in den Jahren unseres Zusammenseins nur selten so überschwänglich und aufgedreht gesehen. Die Zeit mit seinen ehemaligen Kommilitonen schien ein wahrer Jungbrunnen für ihn gewesen zu sein. Enthusiastisch erzählte er mir, wer alles da gewesen war, wer was gesagt hatte und was sie zusammen unternommen hatten.

„Und bei Dir?", fragte er irgendwann mehr nebenher.

„War auch schön", entgegnete ich. „Ich habe ein paar alte Kolleginnen und Kollegen getroffen, die Schüler haben ein tolles Programm aufgeführt und eine Band hat auch noch gespielt."

„Siehst Du, gut, dass Du hingefahren bist", meinte er und damit war das Thema glücklicherweise erledigt.

Erst später in der Badewanne kam ich zum Nachdenken und plötzlich war alles wieder da. Jonas' Gesicht, seine Stimme, seine Berührungen und leidenschaftlichen Küsse. Die Sehnsucht nach ihm nahm mir fast den Atem. Dieser Mann hatte mich in einen regelrechten Rausch der Leidenschaft und des Begehrens versetzt, von dem ich nicht einmal wusste, dass ich zu ihm fähig war.

Ja, es war gut, dass ich hingefahren war, auch wenn Nathan diesen Satz bestimmt nicht gesagt hätte, wenn er auch nur ansatzweise geahnt hätte, wie und mit wem ich die letzte Nacht verbracht hatte.

Aber es bedeutete mir viel, dass ich mich mit Jonas endlich aussprechen konnte. Alles was danach zwischen uns geschehen war, hatte ich weder geplant, noch hätte ich mir vorstellen können, meinen Mann, den ich doch liebte, betrügen zu können.

Doch nun war es passiert und das Schlimmste daran war, dass ich es nicht einmal bereute. Oder besser gesagt, natürlich hatte ich Nathan gegenüber ein furchtbar schlechtes Gewissen, aber trotzdem wollte ich keine Sekunde des Zusammenseins mit Jonas missen. Mir war, als hätte sich zwischen uns endlich der Kreis geschlossen. Alles zuvor Unausgesprochene war gesagt, unser Begehren gestillt worden. Dieses eine Mal hatten wir uns unserer Liebe hingeben können.

Doch es war genauso wie damals, als er mein Schüler und ich seine Lehrerin gewesen war, die falsche Zeit für uns. Wir waren beide verheiratet und hatten unsere Familien, die wir liebten.

Sieht Nathan mir denn nicht an, was ich getan habe?, fragte ich mich. Spürt er denn nicht, dass mein Herz auch für einen anderen Mann schlägt?

Ich selbst war mir vorhin, beim Blick in den Spiegel, irgendwie verändert vorgekommen, auch wenn ich das nicht hätte näher beschreiben können. Quatsch, rief ich mich gleich wieder zur Ordnung. Alles nur Einbildung!

Zum Glück war Nathan noch so mit seinen eigenen Erlebnissen beschäftigt, dass er mich gar nicht richtig wahrzunehmen schien. Er machte auf mich so einen glücklichen und gut gelaunten Eindruck, dass mir das Herz schwer wurde, wenn ich daran dachte, wie schnell ich diese Stimmung mit einem Geständnis zerstören würde. War es da nicht besser, meinen Mann zu belügen und ihm zu verheimlichen, dass ich mit einem anderen Mann die Nacht verbracht hatte?

Aber waren mir nicht immer Ehrlichkeit und Treue das Wichtigste in einer Beziehung gewesen? Wenn ich es jetzt schon mit der Treue nicht so genau genommen hatte, musste ich dann nicht wenigstens offen zu ihm sein?

Wie oft hatte ich als Kind gesagt bekommen, dass Lügen das Werk des Teufels sind, der Anfang vom Ende. Ich wollte nicht, dass meine Ehe am Ende war, aber würde sie das nicht zwangsläufig sein, wenn ich Nathan alles gestehen würde? Alles würde ich kaputt machen, unsere Harmonie, sein Vertrauen in mich, die Achtung, mit der er mir immer begegnet war. Was würde dann noch übrig bleiben außer Misstrauen und Verachtung. Würde seine Liebe diese Enttäuschung überstehen oder würde er sich gleich von mir trennen?

Ich wusste auf all diese Fragen keine Antwort. Ebenso wenig wie darauf, was mit Vanessa werden sollte, falls meine Ehe mit Nathan scheiterte. Wie sollte meine Kleine damit fertig werden, wenn ihre Familie zerbrach?

Sollte ich das Glück meiner Tochter und meines Mannes, ebenso wie mein eigenes, zerstören, nur um mein schlechtes Gewissen zu erleichtern? War Ehrlichkeit dieses Opfer wert?

Vielleicht würde mir Nathan diese eine Nacht auch verzeihen. Was aber, wenn nicht? Ich war nicht bereit, dieses Risiko einzugehen. Denn selbst wenn er mir vergeben würde, wusste ich, dass es nicht mehr so wie vorher zwischen uns sein würde. Nathan war ein treuer, geradliniger Mensch. Mein Verhalten würde ihn, wenn er davon erfuhr, zutiefst verletzen.

Ach Jonas, seufzte ich gedanklich. Warum begegnen wir uns immer nur dann, wenn zwischen uns nichts sein darf? Andererseits, worüber wollte ich mich beklagen? Ich hatte ja einen Mann, der mich liebte und für mich da war, und der zudem noch der beste Vater für unsere Tochter war, den man sich wünschen konnte.

Und so traf ich die Entscheidung, die mir damals am Nächstliegenden erschien:

Nathan durfte nie etwas von meiner Nacht mit Jonas erfahren!

Ich hatte ja keine Ahnung, dass diese Lüge bereits die nächste in sich barg.

In den nächsten Tagen konnte ich meinem Mann kaum in die Augen sehen. Er wirkte so glücklich und zufrieden, vertraute mir bedenkenlos. Wie enttäuscht und verletzt wäre er gewesen, wenn er gewusst hätte, dass seine Frau ständig von einem anderen Mann träumte, diesen sogar liebte und wahrscheinlich auch immer lieben würde?

Ich gab mir die größte Mühe, meine Liebe zu Jonas tief in meinem Herzen zu verschließen. Ich versuchte, unsere gemeinsame Nacht als ein einmaliges Geschenk zu sehen, unser wundervolles Geheimnis. Jonas würde Nathan nichts wegnehmen, ebenso wenig wie ich Jonas' Frau. Wir würden weder unsere Familien zerstören, noch unsere Partner und Kinder ins Unglück stürzen.

Ich wusste, ich würde ab jetzt meinen ganzen Willen brauchen, um mich nicht ständig nach Jonas zu sehnen, sondern mich an meinem Leben mit meiner kleinen Familie zu freuen.

Vanessa und Nathan machten es mir in den kommenden Wochen leicht und der Alltag lenkte mich ab. Ich dachte zwar noch jeden Tag an Jonas, aber mit der Zeit wurde es besser und die Sehnsucht ließ nach. Ich wusste, dass wir uns beide richtig entschieden hatten. Ich gehörte zu meiner Familie und Jonas zu seiner.

An einem Wochenende in den Bergen, als Vanessa schon schlief, fanden Nathan und ich auch endlich wieder als Mann und Frau zusammen.

Er ist so ganz anders als Jonas, aber genau das ist gut, dachte ich, als ich zufrieden in seinen Armen einschlief.

Mein Leben hätte also rundum glücklich sein können, wenn ich nicht ein paar Wochen nach unserem Ausflug, knapp drei Monate nach dem Schulfest, erfahren hätte, dass ich schwanger war. Erst war ich von einem Irrtum ausgegangen, meine Periode kam nicht zum ersten Mal unregelmäßig, aber als mir dann mein Frauenarzt bei einer Routineuntersuchung, die, wie er meinte, frohe Botschaft verkündete, gab es keinen Zweifel mehr: Ich bekam ein Kind!

Doch anstatt mich zu freuen, war ich fassungslos! Vor dieser Nacht in den Bergen hatten Nathan und ich Monate lang nicht miteinander geschlafen, wie konnte ich da schwanger sein? Dann fiel es mir wie Schuppen von den Augen: Jonas! Wir hatten damals in unserer Leidenschaft, wie zwei unvernünftige Teenager, alle Vorsicht vergessen. Aber als ich im Nachhinein darüber nachgedacht hatte, war ich mir eigentlich sicher gewesen, dass zu dieser Zeit nichts hätte passieren können. Wie konnte ich da jetzt schwanger sein? Wie auch immer. Mein Körper hatte mir wohl ein Schnippchen geschlagen und jetzt musste ich sehen, wie ich mit den Konsequenzen zurechtkam.

Vor der Praxis setzte ich mich auf eine Bank und schloss die Augen. Schwanger!? Von einem Mann, den ich nie wiedersehen würde? Während ich mit einem anderen verheiratet war, welcher sich bereits seit Jahren ein zweites Kind von mir wünschte? Das war doch alles ein schlechter Scherz des Schicksals. Nichts Schicksal, schaltete sich mein Verstand ein. Ursache und Wirkung, du bist allein für Dein Tun verantwortlich, nicht irgendeine fremde Macht. Aber das half mir auch nicht weiter. Ich durfte das Kind nicht bekommen, das konnte ich Nathan unmöglich antun!

Doch andererseits konnte ich doch auch nicht Jonas' Kind abtreiben? Mal abgesehen davon, dass für so einen Eingriff kaum noch Zeit blieb.

Ich kann doch nicht das Kind des Mannes töten, den ich seit Jahren liebe, schrie ich innerlich und spürte, wie mir die Tränen übers Gesicht rannen. Ein Mann, den du nie haben wirst, nie haben darfst, meldete sich wieder die Stimme der Vernunft. Na und, brüllte ich in Gedanken zurück, dann will ich wenigstens das Baby. Dieses Kind ist ein Geschenk!

Ein Kind von Jonas? Erst jetzt realisierte ich diese Tatsache wohl richtig und plötzlich ging mir das Herz auf vor Freude bei diesem Gedanken. Aber dieses gute Gefühl hielt nur einen Augenblick. Wie sollte ich das Nathan erklären? Ich konnte ihm doch nicht sagen, dass ich ein Kind von einem anderen bekam. Aber ich durfte ihm auch ebenso wenig ein Kind unterschieben. Außerdem konnte das Baby überhaupt nicht von Nathan sein. Wir hatten ja erst vor ungefähr vier Wochen miteinander geschlafen und ich war im dritten Monat schwanger.

Was soll ich nur tun?, fragte ich mich verzweifelt. Ich ging nach Hause und legte mich dort erschöpft auf die Couch. Mir war übel und ich war ständig den Tränen nah, weil ich einfach nicht wusste, wie es nun weitergehen sollte. Egal, was ich tat, es würde verkehrt sein. Versuchte ich Jonas ausfindig zu machen, würde ich unsere Familien zerstören, denn ich wusste, dass er für mich und unser Kind da sein würde. Sagte ich nichts und hoffte darauf, dass Nathan nicht nachrechnete, würde ich meinen Mann in dem Glauben lassen, dass das Kind von ihm sei. Ich musste mit dieser faustdicken Lüge bis an mein Lebensende klar kommen und außerdem noch Jonas sein Kind unterschlagen.

Wie sollte das gehen? Ich müsste die beiden Männer, die ich liebte, belügen. Konnte ich das? Wollte ich das?

In den nächsten Tagen ging es mir immer schlechter und Nathan bestand darauf, einen Arzt zu konsultieren. Als ich diesem von meiner Schwangerschaft erzählte, schrieb er mich krank, damit ich mich ein bisschen erholen könne. Nathan erzählte ich etwas von einer verschleppten Erkältung. Doch als ich mich dann eines Morgens mehrmals übergeben musste, kam er selbst auf das Nächstliegende:

„Katja, könnte es nicht sein, dass Du schwanger bist?" Er schaute mich so hoffnungsvoll an, dass ich nickte: „Ja, ich glaube, das könnte sein."

Er stieß einen Juchzer der Freude aus, hob mich hoch und wirbelte mich durch die Luft. So überschwänglich hatte ich meinen Mann noch nie erlebt. Wie hätte ich ihm da sagen können, dass das Kind nicht von ihm war?

Auch Vanessa freute sich auf das Geschwisterchen und plötzlich war alles gut.

Ich verdrängte während der weiteren Schwangerschaft jeden Gedanken an Jonas und freute mich mit meinem Mann und meiner Tochter auf unseren Familienzuwachs.

Dann war es soweit, ein kleiner Junge wurde geboren. Nathan sagte ich, er wäre zu früh gekommen, und er fragte nicht nach. Er kam gar nicht auf den Gedanken, dass irgendetwas nicht stimmen konnte, dafür war er viel zu glücklich. Mein Sohn, sagte er immer und ich hatte Tränen in den Augen, ob vor Freude oder vor Scham, ich konnte es selbst nicht genau sagen.

Und so ergab eine Lüge die nächste. Oder eigentlich ist es keine Lüge, redete ich mir ein, ich verschweige halt nur etwas. Ich hatte mich für den Namen Jonathan entschieden und mein Mann war einverstanden gewesen. Er konnte ja nicht ahnen, dass dieser Name eine Kombination aus den beiden Vornamen der Väter war, die dieses Kind hatte. Jonas, der ihn in Liebe gezeugt hatte, und Nathan, der ihn, denn daran zweifelte ich keine Sekunde, in Liebe groß ziehen würde.

Ja, ich schämte mich furchtbar, meinem Mann etwas vorzumachen, aber gleichzeitig war ich überglücklich, als ich das kleine Wesen in meinen Armen hielt. Ich fand, mit seinen schwarzen Haaren und den feinen Gesichtszügen, glich er seinem wirklichen Vater mehr, als es vielleicht gut war, aber zum Glück kannte den ja niemand außer mir.

Auch Vanessa war ganz vernarrt in ihr kleines Brüderchen und so waren wir nach außen hin die perfekte, glückliche Familie. Mit einer Mutter, die jede Nacht von ihren Gewissensbissen gequält wurde. Aber das war wohl meine Strafe, mit der ich fortan leben musste.

9. Kapitel

Gab es vielleicht doch ein Schicksal, dass unsere Schritte auf die richtigen Wege lenkte? Oder war es nichts weiter als Zufall, dass Jonas' und meine Lebenslinien sich ein drittes Mal kreuzten?

Es war in dem Sommer als Jonathan, den alle nur Jonny nannten, zwei Jahre alt wurde. Nathan und ich verbrachten mit den Kindern den Urlaub an der Ostsee und alle gemeinsam waren wir zu einem Strandspaziergang aufgebrochen. An diesem warmen, hellen Sommerabend waren noch viele Leute unterwegs und so war mir die kleine Familie, die uns entgegenkam, erst nicht weiter aufgefallen.

Erst als sie keine zwei Meter mehr entfernt waren, schaute ich genauer hin und plötzlich fuhr mir das Erkennen wie ein Blitz durch den Kopf: Jonas?!

Ungläubig blinzelte ich und blieb dann so abrupt stehen, dass Nathan, der hinter mir ging und unseren Kleinen auf den Schultern hatte, mich beinahe umgerannt hätte.

„Katja?" Jonas hatte sich besser im Griff als ich und ließ sich seine Überraschung kaum anmerken. Er trat auf mich zu und schüttelte mir die Hand:

„Wie schön, dass wir uns mal wiedersehen."

Ich nickte und wusste nicht, was ich sagen sollte. Schon seine Gegenwart schien mir jeglichen Verstand zu rauben. Zum Glück sprach er schon, an seine Begleiterin gewandt, weiter:

„Jennifer, das ist Katja, wir kennen uns von früher aus der Schule." Dabei ließ er unerwähnt, dass ich seine Lehrerin gewesen war und die Frau neben ihm ging, trotz unseres Altersunterschiedes, ganz selbstverständlich davon aus, dass wir gemeinsam die Schulbank gedrückt hatten.

„Oh, eine alte Klassenkameradin. Wie schön! Ich freue mich auch immer, wenn ich mal jemanden von früher treffe."

Lächelnd begrüßte sie mich und war mir, gegen meinen Willen, augenblicklich sympathisch.

Und hübsch ist sie auch noch, dachte ich und spürte einen Anflug von Eifersucht, als ich mir eingestehen musste, dass Jonas und sie gut zusammenpassten. Ein attraktives und, wie es schien, glückliches Paar.

Ich war froh, dass Jonas den Namen der Schule nicht erwähnt hatte, und so ging wohl auch Nathan davon aus, dass wir uns bereits aus unser Kinder- oder Jugendzeit kannten.

Er schüttelte Jonas und seiner Frau völlig arglos die Hand und ich blickte betreten zu Boden.

So sehr ich mich freute, plötzlich Jonas gegenüber zu stehen, so unangenehm war mir das Zusammentreffen unserer Familien.

Zum Glück kam in diesem Moment Vanessa angerannt, die hinter uns her geschlendert war und Muscheln gesucht hatte, und aus der anderen Richtung stoben zwei Jungs, die einander glichen wie ein Ei dem anderen, heran.

Die drei Kinder fanden offensichtlich gleich Gefallen aneinander und gingen spontan zusammen auf Muschelsuche.

Da standen wir nun am Meer, sahen den Kindern beim Spielen zu und trieben ein bisschen Smalltalk, als ich plötzlich Jonas' Blick bemerkte, mit welchem er Jonny betrachtete. Die Ähnlichkeit zwischen den beiden war eigentlich unübersehbar, auch wenn sie bisher zum Glück niemanden, außer mir, aufgefallen war.

Bisher, denn jetzt hatte Jonas nachdenklich die Stirn kraus gezogen, und musterte aufmerksam das Gesicht des Jungen, bis Jonny zu zappeln anfing und Nathan ihn von seinen Schultern hob und auf dem Boden absetzte.

Als sich Jonas nun zu dem Kleinen hinab beugte, wurde es mir heiß und kalt.

„Wie alt bist Du denn?", fragte er scheinbar beiläufig, aber ich sah die Anspannung in seinem Blick.

„Zwei“, sagte Jonny stolz und hob zwei Finger seiner Hand.

„Oh, dann bist Du ja schon ein richtig großer Junge“, meinte Jonas und strich ihm über den Kopf.

Seine Frau lachte und meinte an mich gewandt:

„Jonas ist ein richtiger Kindernarr. Am liebsten hätte er selbst auch noch eins. Aber das Thema ist bei mir durch. Die Zwillinge sind genug.“

Ich nickte, doch der Blick, den Jonas mir in diesem Augenblick zuwarf, ließ mir das Blut ins Gesicht steigen. Er weiß es, dachte ich voller Panik, er weiß es!

Am liebsten hätte ich auf dem Absatz kehrtgemacht und wäre mit meiner ganzen Familie davon gelaufen, aber Nathan schien Gefallen an Jonas‘ Familie gefunden zu haben. Erst scherzte er mit den beiden Jungen, die stolz mit einigen Muscheln und Steinen zurückgekehrt waren, dann unterhielt er sich mit Jennifer und Jonas, und fragte, wo sie denn wohnen würden.

Geschockt stellte ich fest, dass Jonas‘ Familie in derselben Ferienhaussiedlung untergekommen war, in der auch wir unser Haus gemietet hatten. Und das schon seit über einer Woche. Ein Wunder, dass wir uns nicht längst über den Weg gelaufen waren.

Doch dann meinte ich, meinen Ohren nicht trauen zu können, denn mein Mann lud, ohne sich vorher mit mir abgestimmt zu haben, kurzerhand Familie Rohberger zu uns ein:

„Warum kommt Ihr denn nicht mal abends zum Grillen zu uns rüber. Dann können Katja und Jonas in Ruhe in alten Erinnerungen schwelgen. Und die Kinder verstehen sich ja, wie man sieht, auch ganz gut.“

Jennifer war sofort begeistert und, als auch Jonas zustimmte, verabredeten wir uns gleich für den nächsten Abend.

Mir war schlecht, als wir endlich weitergingen, während mein Mann und meine Kinder sich auf die kleine Grillparty am nächsten Tag freuten.

Als ich am Morgen den Frühstückstisch auf der Terrasse deckte, während der Rest der Familie noch friedlich im Bett lag, kam plötzlich ein Jogger um die Ecke gerannt. Jonas! „Guten Morgen, Katja", begrüßte er mich und blieb stehen. „Bist Du allein?"

Als ich nickte, griff er in seine Hosentasche und holte einen kleinen Notizzettel heraus.

„Hier ist meine Nummer. Ich muss mit Dir reden! Noch vor heute Abend. Ruf mich an!"

Er reichte mir den Zettel, winkte mir zu und war schon wieder um die Ecke verschwunden.

Wie früher, dachte ich, in Erinnerung an die Zettel, die er mir damals im Klassenzimmer zugesteckt hatte. Doch das war lange her. Was wollte er heute von mir? Er hatte zwar nicht unfreundlich, aber sehr bestimmt geklungen.

Ich seufzte. Wenn ich ehrlich war, wusste ich doch ganz genau, dass es Zeit war, endlich miteinander zu reden. Auch wenn ich mich vor diesem Gespräch und seinen Folgen fürchtete.

Die Gelegenheit für ein Gespräch ergab sich nach dem Mittag, als sich Nathan mit Jonny zum Mittagsschlaf hingelegt hatte und Vanessa mit einem Mädchen aus der Nachbarschaft Eis essen gegangen war.

Weil ich Angst gehabt hatte, dass Nathan etwas von meinem Anruf mitbekommen und dann Fragen stellen könnte, hatte ich Jonas nur eine Nachricht geschrieben und mich mit ihm beim Leuchtturm verabredet. Sollte uns dort zufällig jemand sehen, konnte ich immer noch sagen, dass ich spazieren gegangen war und wir uns zufällig getroffen hatten.

Er wartete schon, als ich den Weg entlang kam. Erst dachte ich, er wäre ärgerlich auf mich, so wie er mich ansah, doch dann fasste er mich an den Oberarmen, zog mich an eine geschützte Stelle und küsste mich stürmisch.

Ich war völlig überrumpelt und machte mich rasch los: „Jonas, nicht!"

Er holte tief Luft und wich einen Schritt zurück. „Du hast recht. Entschuldige! Ich bin völlig durcheinander. Komm."

Er wies auf eine kleine Bank und wir setzten uns.

„Du weißt, warum ich Dich sehen wollte?" Er schaute mich an und ich sah sowohl Hoffnung als auch Zweifel in seinem Blick.

„Ja, das weiß ich", meine Stimme war nur ein Flüstern. „Er heißt übrigens Jonathan." Obwohl ich so leise gesprochen hatte, verstand er mich, verstand sogar das, was ich unausgesprochen ließ.

„Jonathan, eine Mischung aus Jonas und Nathan. Dann ist es also wahr? Er ist mein Sohn?" Er klang ungläubig und verwirrt.

Ich nickte und wagte nicht, ihn anzusehen.

Doch dann lachte er plötzlich: „Katja, er ist wundervoll", um sogleich wieder ernst hinzuzufügen:

„Ich wünschte, Du hättest es mir gesagt."

Ich wollte mich rechtfertigen, es ihm irgendwie erklären, aber er hob die Hand:

„Schon gut. Gestern war ich wütend auf Dich. Ich habe mir gesagt, Du hättest mich ausfindig machen können, um mir zu sagen, dass ich Vater werde. Oder dann spätestens nach der Geburt, als Du gesehen hast, dass er nicht von Nathan sein kann."

„Ich wusste es vorher", sagte ich noch leiser.

„Oh", er stutzte einen Moment, dann sprach er weiter. „Ich war so enttäuscht, dass Du mir nie von ihm erzählt hättest, wenn wir uns nicht zufällig getroffen hätten."

Wieder unterbrach ich ihn: „Glaub mir, es gab keinen Tag, an dem ich nicht darüber nachgedacht habe. Ich brauchte ihn ja nur anzusehen und musste an Dich denken."

„Ach Katja", es war ein Seufzer und ich wusste, er war mir nicht mehr böse.

„Weißt Du, nachdem ich die ganze Nacht wach gelegen und gegrübelt habe, kann ich Dich ja sogar verstehen. Wahrscheinlich hätte ich es an Deiner Stelle nicht anders gemacht. Wir haben damals entschieden, unsere Familien zu schützen, und genau das hast Du getan."

Mir fiel ein Stein vom Herzen und am liebsten hätte ich ihn jetzt in den Arm genommen. Aber ich widerstand dem Spiel mit dem Feuer. Würde ich diese Grenze überschreiten, ich würde nicht mehr von ihm lassen können.

Wir liefen noch eine Stunde am Meer entlang, und ich erzählte ihm alles. Es tat mir so gut, endlich über alles reden zu können, über meinen Schock damals, als ich von der Schwangerschaft erfahren und sofort gewusst hatte, dass dieses Kind nur von ihm sein konnte, von meinen Zweifeln, meinen Gewissensbissen und meiner unbeschreiblichen Freude, als ich unser Kind in den Armen hielt. Und von meiner Angst, jemand könne sehen, dass es nicht von Nathan war. Aber hier beruhigte mich Jonas:

„Mach Dir keine Sorgen, er hat auch so viel von Dir, keiner wird es merken."

„Du hast es sofort gesehen", entgegnete ich skeptisch, doch er strahlte mich an:

„Ich bin ja auch sein Vater."

„Ja, Du bist sein Vater." Seine Freude zu sehen, zu spüren, dass er mir nichts übel nahm, mich sogar verstand, wie er mich immer verstanden hatte, machten mich so glücklich, dass ich es nicht hätte in Worte fassen können. Blieb nur mein schlechtes Gewissen Nathan gegenüber, was mich daran erinnerte, dass ich nach Hause musste.

Bevor ich ging, trafen wir eine Entscheidung: Wir beschlossen ab jetzt zu versuchen, Freunde zu sein, unserem gemeinsamen Sohn zuliebe.

„Bis heute Abend", rief Jonas zum Abschied und winkte mir zu.
Ich winkte zurück und fragte mich, wie ich den Abend überstehen sollte. Zwischen den beiden Männern, die ich liebte und die, die Väter meiner beiden Kinder waren. Du musst Dich zusammenreißen, sagte ich mir. Jonas hat ein Recht seinen Sohn zu sehen und für Jonny würde es sicher gut sein, seinen leiblichen Vater um sich zu haben, selbst wenn er nicht wusste, wer Jonas war. Genauso wenig wie Nathan und Jennifer, die es auch nie erfahren durften.

Erstaunlicherweise verlief der Abend besser, als gedacht. Die Kinder verstanden sich wunderbar und wir Erwachsenen saßen bis tief in die Nacht beisammen und redeten. Nicht über die Vergangenheit, um dieses Thema machten Jonas und ich einen Bogen, aber es gab so viele andere Themen, die uns alle vier interessierten.
Zu meiner Verwunderung verstanden sich auch Jonas und Nathan prima, obwohl sie in meinen Augen kaum unterschiedlicher sein konnten. Aber vielleicht lag es ja auch gerade daran.
Die hübsche Jennifer war mir auf den ersten Blick sympathisch gewesen, was, wie ich jetzt merkte, auf Gegenseitigkeit beruhte. Nur, dass ich ihr die ganze Zeit etwas vormachen musste, machte mir zu schaffen und ich wusste, dass es Jonas mit Nathan genauso ging.
Trotzdem, und eigentlich war es zu schön, um wahr zu sein, freundeten sich unsere Familien miteinander an und wir hielten auch nach dem Urlaub den Kontakt zueinander. Wie wir festgestellt hatten, wohnten wir gar nicht so weit voneinander entfernt. Anfangs telefonierten wir nur oder schickten uns E-Mails und Fotos, doch bald besuchten wir uns auch regelmäßig.

Ich konnte mein Glück kaum fassen, dass Jonas nun doch noch Teil meines Lebens geworden war, wenn auch ganz anders, als ich es mir früher erträumte. Wir waren uns nie wieder zu nahe gekommen, aber zwischen uns war eine Vertrautheit und ein stilles Verstehen, das auch Nathan und Jennifer nicht entgangen war.

„Alte Schulfreunde eben", hatte Jenny einmal lächelnd gesagt, als würde das alles erklären, und Nathan hatte gemeint: „Beneidenswert! Schade, dass meine alten Freunde in alle Himmelsrichtungen zerstreut sind."

Jonas und ich hatten uns angesehen und gelacht. Nein, wir waren keine alten Freunde, wir waren neue Freunde! Wir hatten einen Weg miteinander gefunden, der nicht auf dem Unglück der Menschen basierte, die wir liebten. Und so konnte Jonas auch seinen Sohn regelmäßig sehen, um den er sich dann immer rührend kümmerte. Nicht als sein Vater, aber als ein guter Freund und Kumpel, eine Rolle, die nicht nur ihm, sondern auch dem kleinen Jonny gefiel, wich er doch Jonas bei dessen Besuchen kaum von der Seite.

Natürlich gab es auch jetzt noch Momente der Sehnsucht nach Jonas und manchmal sah ich in seinen Augen, dass es ihm ähnlich ging. Aber genau wie damals, als wir noch Lehrerin und Schüler gewesen waren, hielten wir wieder unsere unausgesprochene Grenze ein, wenn heute auch aus anderen Gründen. Wir wussten beide, was wir zu verlieren hatten, wenn wir unserem Wunsch nach Nähe nachgeben würden. Nie hätten wir auf dem Scherbenhaufen glücklich werden können, den wir hinterlassen würden, wenn wir uns zu unserer Liebe offen bekannten.

Es war uns vom Schicksal eben einfach nicht vergönnt, als Paar gemeinsam glücklich zu sein, also nahmen wir das, was das Leben uns bot – unsere Freundschaft!

Wir waren fast zwei Jahre miteinander befreundet, als Jonas uns zu seinem 30. Geburtstag einlud.

Ich konnte kaum glauben, wie die Zeit vergangen war. Als wir uns damals begegnet waren, war er gerade erst 19 Jahre alt geworden. Unglaubliche elf Jahre waren seitdem schon vergangen. An mein eigenes Alter wollte ich da erst gar nicht denken.

Nathan war einen Moment irritiert gewesen, als er auf der Einladung Jonas' Alter gesehen hatte, war er doch immer davon ausgegangen, dass wir beide in eine Klasse gegangen waren.

„Nein, wir waren nur an derselben Schule", hatte ich ihm erklärt, und brauchte dieses Mal nicht einmal zu lügen.

Wir fuhren alle vier zur Geburtstagsparty und feierten mit Jonas, seiner Familie und seinen Freunden bis spät in die Nacht. Auch seine Eltern waren kurz vorbeigekommen, wie immer in Eile, aber zu meiner Erleichterung hatte seine Mutter mich nicht wiedererkannt.

Jonas und Jenny hatten uns vorgeschlagen, den Besuch bei ihnen mit einem kleinen Urlaub zu verbinden und uns ihren Bungalow im Garten zur Verfügung gestellt. Da sowieso gerade Ferien waren, hatten wir das Angebot gerne angenommen und es uns dort für eine Woche gemütlich gemacht.

Tagsüber unternahmen Nathan und ich mit den Kindern Ausflüge und am Abend saßen wir gemeinsam mit Jonas und Jenny bei einem Glas Wein zusammen.

Am Abend vor unserer Abreise war ich mit Jonas noch allein im Garten, während die anderen bereits ins Bett gegangen waren.

Es war ein sonniger, schöner Tag gewesen. Nathan und die Kinder waren gut gelaunt und ich hatte die Zeit mit der

Familie genossen. Ebenso wie das Abendessen mit Jennifer und Jonas, die tagsüber leider hatten arbeiten müssen.

Jetzt war ich zwar ein wenig müde, verspürte aber noch keine Lust ins Bett zu gehen. Es war so eine schöne, laue Nacht und ich kostete das letzte Beisammensein mit Jonas aus, bevor wir morgen wieder nach Hause zurückkehren würden.

Er wirkte heute sehr nachdenklich und sprach nicht viel, aber das machte mir nichts aus. Mit Jonas war sogar Schweigen schön.

Für einen Moment schloss ich die Augen und genoss diese abendliche Stille, da spürte ich plötzlich, dass er mich ansah. Ich blinzelte und schaute ihn dann fragend an:

„Alles gut bei Dir?"

Er nickte. „Ja. Eigentlich haben wir das beide doch ganz gut hinbekommen, oder?"

„Was meinst Du? Das mit uns, dass wir Freunde geworden sind?"

Er lächelte: „Ja, genau das. Auch wenn Du weißt, dass Du für mich immer mehr als nur eine Freundin sein wirst. Aber ich glaube trotzdem, wir haben die richtige Entscheidung getroffen. Es ist gut so, wie es jetzt ist."

Ich nickte. „Aber …", ich zögerte, bevor ich weiter sprach. Wie oft hatte ich mir diese Frage schon gestellt, ohne eine Antwort zu finden? „Müssen wir Jonny nicht irgendwann sagen, dass Du sein Vater bist?"

Jonas sah mich eine Weile nur an, dann zuckte er die Schultern: „Vielleicht."

Wieder saßen wir lange still beieinander und hingen unseren Gedanken nach. Dann sprach Jonas weiter und ich wusste, auch ihn beschäftigte diese Frage schon lange:

„Ist nicht der, der Vater eines Kindes, der es liebt? Dann hat Jonathan zwei Väter. Nathan und mich, genau wie sein Name schon sagt. Weißt Du, wir versuchen immer, die Welt in schwarz oder weiß einzuteilen, in richtig und falsch. Aber so einfach ist es nicht. Wer kann schon genau sagen, was das Richtige oder Falsche ist? Welche unserer Entscheidungen gut war oder welche eben auch nicht, stellt sich doch oft erst im Nachhinein heraus. Und vielleicht gibt es ja auch gar kein Richtig und kein Falsch? Vielleicht ist ja alles genau so gut, wie es gerade ist, auch wenn wir den Sinn des Ganzen oft nicht verstehen. Jonathan ist ein glücklicher, kleiner Junge. Habe ich da das Recht, sein Glück und seine vertraute Familie zu zerstören, nur weil ich will, dass er die Wahrheit kennt? Und was ist dann mit Nathan, er ist doch genauso sein Vater, wie ich?"

„Aber so leben wir mit einer Lüge", sagte ich leise und wusste doch, wie recht er mit seinen Worten hatte. Auch ich war nicht bereit für die Wahrheit, die so vieles zerstören würde.

„Eine Lüge? Hast Du Nathan denn je gesagt, dass Jonny sein Sohn ist?"

„Nein, natürlich nicht, aber das ist doch ganz selbstverständlich."

„Ist es das?" Er sah mich fragend an. „Du hast ihm nicht die ganze Wahrheit gesagt, aber Du hast ihn nicht belogen, genauso wenig, wie ich Jenny gesagt habe, dass Jonny nicht mein Sohn ist."

Entsetzt schaute ich ihn an: „Du hast ihr doch nicht etwa gestanden, dass wir …"

„Nein!", unterbrach er mich und schüttelte den Kopf. „Ich habe gar nichts gesagt."

Dann griff er, zum ersten Mal nach langer Zeit, wieder nach meiner Hand und hielt sie fest.

„Katja, an unserer Liebe kann nichts falsch sein. Nie! Wir sorgen nur dafür, dass sie anderen Menschen nicht weh tut. Und eines Tages, wenn unser Sohn groß genug dafür ist, um zu verstehen, dass es im Leben und in der Liebe mehr als schwarz und weiß gibt, dann sagen wir ihm die ganze Wahrheit. Und dann wird er bestimmt verstehen, dass seine

Eltern nichts Falsches getan haben. Bis dahin lass mich sein Freund sein, das ist mehr, als ich damals bei unserer Begegnung am Strand, zu hoffen gewagt hätte."

Mit diesen Worten ließ er meine Hand los und erhob sich: „Gute Nacht, Katja. Schlaf schön. Wir sehen uns morgen früh, bevor Ihr losfahrt."

„Gute Nacht, Jonas." Ich sah ihm nach, bis er im Haus verschwunden war. Dann stand auch ich auf und ging in unseren Bungalow.

Zu meiner Überraschung war Nathan noch wach und stand am offenen Fenster in der Küche.

„Stehst Du schon lange da", fragte ich erschrocken, als mir bewusst wurde, dass er von seinem Platz aus, unser Gespräch im Garten gehört haben konnte.

„Schon eine Weile." Er sah mich ganz seltsam an, aber ich konnte seinen Blick nicht deuten.

Hatte er Jonas Worte etwa wirklich gehört? Wie konnten Jonas und ich nur so leichtsinnig sein? So lange hüteten wir unser Geheimnis, und nun? Ich wollte schon ansetzen und meinem Mann alles, soweit das überhaupt möglich war, erklären, aber da lächelte er plötzlich und streckte die Hand nach mir aus.

„Ich bin so froh, dass ich Dich habe, Katja. Dich und unsere beiden Kinder. Komm, lass uns schlafen gehen. Es ist spät und wir müssen morgen früh raus."

Mir fiel bei seinen Worten ein ganzer Berg Steine vom Herzen. Als wir Hand in Hand ins Schlafzimmer gingen, dachte ich noch einmal an Jonas' Worte und musste lächeln.

Nein, die Liebe war nicht nur schwarz oder weiß. Meine Liebe zu Nathan, zu meiner Tochter, meinem Sohn und zu Jonas schimmerte in allen Farben des Regenbogens. Meine Liebe war bunt!

* * *

Nun kennst Du meine Geschichte und weißt von der Lüge, mit der ich lebe. Unsere Liebeslüge, hat Jonas sie einmal genannt. Aber stimmt das, lügen wir wirklich im Namen der Liebe oder haben wir einfach nur Angst vor den Konsequenzen, die ein Geständnis nach sich ziehen würde?

Ich kann es nicht sagen, aber ich weiß, dass früher oder später der Tag der Wahrheit kommen wird, so wie er immer kommt. Dann werde ich bereit sein, Nathan alles zu gestehen, damit Jonathan von seinen zwei Vätern erfahren kann.

Ich darf meinen Jungen nicht über seine Herkunft im Unklaren lassen, schlimm genug, dass ich selbst wohl nie erfahren werde, wo meine Wurzeln sind.

Ich hoffe sehr, dass Jonathan dann verstehen wird, dass es ein Glücksfall ist, zwei Väter zu haben, die einen lieben. Genauso wie ich in der glücklichen Lage bin, zwei Männer zu lieben und von ihnen geliebt zu werden. Und dabei dachte ich immer, ich hätte kein Glück in der Liebe.

Wie ich anfangs schon sagte, die Liebe lässt einen manchmal seltsame Wege gehen und niemand hat behauptet, dass das immer einfach sein würde. Und doch ist die Liebe mit all ihren Höhen und Tiefen, ihren Umwegen und Verwirrungen, jeden einzelnen Schritt wert.

Darum lass Deine Liebe in all ihren Farben leuchten und glänzen. Und vergiss nicht:

Die Liebe ist bunt!

Weitere Bücher von Gabriele Schossig

Traumfängerin der Liebe

Juliane ist eine hoffnungslose Romantikerin, die immer an die große Liebe geglaubt hat. Aber nach der Trennung von ihrem Lebensgefährten Paul bricht ihre scheinbar heile Welt zusammen.

Der Neuanfang gestaltet sich schwierig, zumal sie in jeder Nacht seltsame Träume plagen. Um herauszufinden, wie es in ihrem Leben zukünftig weitergehen soll und vielleicht sogar ihren Traummann zu treffen, reist sie nach Indien in eine sogenannte Schicksalsbibliothek. Auf einem uralten Palmblatt wird ihr dort prophezeit, dass sie erst die Säulen der Liebe finden muss, um mit einem Partner glücklich zu sein.

Doch der Mann, der ihr dann über den Weg läuft, ist nicht der erhoffte Traummann, sondern ein Mensch mit Ecken und Kanten. Aber möglicherweise ist er trotzdem genau der Richtige für Juliane?

Roman, 576 Seiten, 19,99 Euro, **ISBN 978-3749481200**
(auch als E-Book erhältlich)

Mensch, Freu Dich! – In 9 Schritten zu mehr Lebensfreude

Das Leben könnte doch so schön sein, wären da nicht die vielen Dinge, die es uns oft schwer machen. Ob Stress, Ärger, Sorgen, Zweifel, Traurigkeit oder Angst, immer gibt es irgendetwas, das uns daran hindert, unser Leben zu genießen. Oft funktionieren wir nur noch, anstatt wirklich zu leben.
Zumindest war das bisher so, denn ab heute können Sie sich ganz bewusst für den Weg der Freude entscheiden. Lernen Sie Entspannungstechniken, Klopfakupunktur, Affirmationen und vieles andere mehr kennen. Werden Sie Ihr bester Freund, nutzen Sie Ihre Fantasie oder sammeln Sie Ihre ganz persönlichen Glücksbausteine.

Anhand von 9 Schritten wird in diesem Buch ein Weg aufgezeigt, wie Sie besser mit Stress, Ärger, Angst oder anderen Problemen umgehen können, um so ein glücklicheres Leben zu führen.
Die Übungen und Anleitungen sind einfach nachvollziehbar und können zu Hause ausgeführt werden. Das Buch eignet sich aber auch zum Üben in der Gruppe.

Ratgeber, 136 Seiten, 14,99 Euro, **ISBN 978-3750249059**
(auch als Hardcover und E-Book erhältlich)

Die grinsende Katze - Dem Glück auf den Fersen
(jetzt beide Teile in einem Band)

1. Teil - Der Ruf der Freiheit

Lisa ist eine Teppichkatze, ihre Welt eine Zweizimmerwohnung mit Blick in den Garten. Eines Tages taucht der Abenteuerkater Petro unter ihrem Fenster auf. Er erzählt ihr, dass die Welt viel mehr ist, als sie sehen oder erahnen kann. Lisa will es genau wissen. Gemeinsam machen sich die beiden Katzentiere auf den Weg, um das Meer zu suchen und landen dabei mitten im Abenteuer Leben.

II. Teil - Ägypten mit Umwegen

Lisa und Petro suchen ihr Glück auf verschiedenen Wegen. Während Lisa überzeugt ist, den richtigen Platz im Leben gefunden zu haben, zieht es den Abenteuerkater in ferne Länder. Aber wird er sein Glück tatsächlich im Reich der Mitte oder in den indischen Schicksalsbibliotheken finden? Und was ist überhaupt das Glück?

Eine Geschichte über Freundschaft, Träume und den Mut, seinen eigenen Weg zu gehen. Nicht nur für Katzenfreunde geeignet.

Katzenroman, 348 Seiten, 14,99 Euro, **ISBN 978-3750418585**
(auch als Hardcover und E-Book erhältlich)

Weihnachtsengel inkognito
Weihnachtliche Geschichten rund ums Fest

Weihnachtszeit – Geschichtenzeit –
Zeit für ein paar Momente der Besinnung

Lernen Sie den Kullerko in seiner Winterweihnachtswelt kennen, begleiten Sie einen Weihnachtsengel inkognito am Heiligen Abend oder kehren Sie ein in die kleine Kirche, die am Weihnachtsabend in ganz besonderem Glanze erstrahlt.

Die kleinen Weihnachtsgeschichten für Erwachsene sind mal besinnlich, mal romantisch, mal nachdenklich – doch immer voller Hoffnung.

Kurzgeschichten, 64 Seiten, 6,99 Euro
ISBN 978-3749484720
(auch als E-Book erhältlich)

Liebe Leserin, lieber Leser,

vielen Dank, dass Sie mein Buch gelesen haben.
Ich hoffe, es hat Ihnen gefallen.

Wenn Sie mehr von mir lesen möchten oder etwas über mich erfahren wollen, besuchen Sie doch meine Autorenhomepage:
www.wondertimes.de

Ich freue mich sehr über Ihren Besuch!